那一天，突然，
黎晨熹感覺到有一樣很重要的東西，
從這個世界上消失了。

致我在幻想世界中的姐姐

許焯然——著

校園作家大招募計劃
2021-2022小說組
冠軍作品

目錄

釋放寫作創意　壓力可變動力

「校園作家大招募計劃」至今已踏入第三年。是項計劃致力培養本港青年中文寫作和創作興趣，並繼續為有志成為作家的中一至中四同學，提供優質和富啟發性的學習課程與比賽活動。計劃一直獲得學界踴躍支持，我們深感鼓舞。

本屆計劃共接獲超過300位來自106間中學的學生報名，最終82位「校園作家」獲選入圍。我們亦首次分別以「小說」及「非小說」組，進行一系列線上線下培訓，以切合不同寫作性質的需要。同時，藉此開拓更多平台，讓學生作品得以展示讀者眼前。

本書為計劃首個獲獎出版的小說創作。作者許焯然是趙聿修紀念中學中四同學，她的作品充滿奇幻元素，流露豐富創意和想像；將她對日常生活、學業壓力等，寫成發人深省的情節。內容曲折離奇，作者在虛構的想像中，更寄予真切反思與感悟。透過文字，將她內心重擔釋放，從而在現實生活中尋回面對困難的勇氣。

本人藉此感謝語文教育及研究常務委員會（語常會）的鼎力支持及語文基金慷慨撥款，與本會攜手推動青年創作。我們特別向本屆計劃五位導師：唐希文女士、黃怡女士、梁璇筠女士、曾淦賢先生及施偉諾先生致以深切謝意。他們悉心為學員提供專業指導，充實他們的寫作之路。

年輕人能夠全人健康成長和發展，是我們的深切期望。莘莘學子在課業和各方壓力下，需要家人、師長和朋輩好友成為同行者和聆聽者，助他們化解壓力成動力，建立正向價值，活出積極人生。

何永昌
香港青年協會總幹事
2022 年 7 月

作者序

寫作對我來說是一種表達情感、表現自我的方法；幻想對我來說是一種釋放壓力、娛樂自己的途徑。最初在我踏上寫作之路時，我只是想將我創作的故事以文字方式告訴朋友，而且用文字記錄我的創作，以防我將來忘記了這種幻想帶給我的喜悅。

我靠寫作獲得一些不曾想像的名譽，寫作帶給我的陶醉與成就交融成對自己的肯定，肯定成為動力，推動我寫作更多，創作更多。漸漸地，僅僅用筆墨描寫出故事已經滿足不到我，我開始著重故事帶給讀者的意義與共鳴。

小說是文字和劇情互相碰撞出的火花，缺一不可。我發現編排劇情的過程比寫作更有趣，有時沉溺在其中久久不能回神，曾經試過坐在沙發上沉默了一整天，只是為了安排一段有趣且合理的劇情。

《致我在幻想世界中的姐姐》這本書，是我第一部成功完成的作品，一首由文字藝術和劇情安排交織而成的交響樂。創作契機可能是我為了弟弟而寫的一封信，可能是我為了紓緩學業壓力而寫的感情寄托物，可能是我為了「交稿」而拼出來的一個故事，但更多的只是為了快樂，望著自己一筆一劃寫出的文字，就像母親望著子女一分一分地長高，子女和作品最後出人頭地，身為「母親」的我更多的只有欣慰。

藉角色之口帶出我的情感，以魔幻元素抹去現實的殘酷，用一塊又一塊劇情碎片拼出一個美麗的幻想世界。文字擁有觸動他人情感的魔法，劇情擁有邀請他人到另一個世界的魔力，小說擁有的是夢想成真、幻想成真的魔幻，是一種令世界更完美的快樂拼圖。

希望這本書的內容能帶給受壓力困擾的人一點安慰，人生最需要的是快樂，是幻想，小小的快樂可成就一雙看見幸福的眼睛，小小的幻想能開展一片充滿希望的視野，希望大家能夠找到屬於自己的快樂泉源，屬於自己的幻想世界。

最後，感謝「校園作家大招募計劃 2021-2022」和導師們為我開創了一個釋放壓力的「秘境」，讓我在這秘境裡自由自在地幻想，讓漫天飛舞的文字捲起成風，承載著我的作家夢。

許焯然
第三屆「校園作家大招募計劃」小說組冠軍作家
趙聿修紀念中學
2022 年 7 月

老師序

「眼睛是靈魂的視窗」，在寫作時，焯然那雙流光溢彩的眼眸是最動人、最有魅力的，她的雙瞳有如一格一格黑膠菲林，一幕又一幕的播放著各種奇思妙想，轉化成文字，訴說著一個又一個小故事，娓娓動聽。

海量的閱讀是焯然寫作的基石，廣博的視野、深厚的語文根柢，讓她下筆有神，她舞動著神奇的魔法棒，筆墨從容揮灑於筆尖之中，散發幽幽墨香。焯然的才思如風，她，擁有馭風的能力，風起，風落，心湖因風蕩漾，泛起絲絲的幻想，化作源源不盡的創作元素……或許，這就是上天送給她的禮物。

細膩的筆觸、奇幻的情節，縝密的構思，一個由幻想創造的世外秘境，一所被世人遺忘的破落神社，一頭被世界拋棄的石獅子，一雙祖母綠色的寶石眼眸，在晨熹暮影的籠罩中，交織出一段撲朔迷離且扣人心弦的奇幻故事……焯然那份言及社會風氣的前瞻，那顆擁抱生命熾熱的心，那份深信世界美麗絕倫的信念，字裡行間，字字鏗鏘有力地肯定人生的價值，道出人生充滿無限的可能性，不禁叫人讚嘆，小小年紀，竟有如斯才情，如斯心志。

作為焯然的中文老師，我為她的成就感到無比自豪與欣慰，不僅僅為著自己學生的才華得到賞識而感動，更多的是為著她那質樸依舊的心而感恩。作家之夢雖美，漫漫長路難免荊棘滿途，我願在那讓她快樂的秘境中默默為她修剪枝葉，也願她能化作俗世洪流中的一泓清泉，以她純淨的幻想灌溉她那落英繽紛的花田，化幻想為創作，透過文字的魔力實現她的作家夢。

當你站在無人之巔俯瞰山下，感覺背負著別人沉重的期望，彷彿迷失於波光粼粼的茫茫學海之中，看看這本書吧！或許，焯然的文字能夠稍稍撫慰你的心靈，點亮你那雙也能看見幸福的眼睛，讓你感受到風的環抱，在浩浩長空中看見維港海中那座金色的堡壘，看見世界那絕倫的美麗。

周靜儀
趙聿修紀念中學中文科主任
2022 年 7 月

父母序

一個炎熱的下午，我們在西鐵站外等焯然放學。她一衝上車就興奮地大叫：「我得獎了！我的小說可以出版啊！」我們被這個消息嚇了一跳。過後的幾天，全家人還在為這個喜訊而感到高興。

焯然從小喜歡聽故事、講故事，也喜歡幻想。待她上學學會了讀書寫字，便開始閱讀大量的書籍，也試著把她的幻想化成文字。最初的讀者便是家人，後來親近的同學之間也喜歡看她的作品，更成為了她創作的動力，鼓勵她創作出一個又一個的故事。

焯然和弟弟的感情很好，常常把弟弟放進她的創作中。這個故事的藍本，就是他們兩姐弟的故事吧！我們欣賞她能真實地寫出對弟弟出生時的妒忌，學業上偶然被弟弟比下去時的不滿。然而，溢滿書中的，更多的，是她對弟弟的愛。

這部作品中，不難看到圍繞在焯然身邊人的影子，包括她的家人、老師和同學。畢竟，她還是一個中四的學生，生活的閱歷比較少，尤其是這幾年的疫情，更局限了她的生活。豐富的閱歷是創作的良好基石，因此，我們期望她能多聽、多看、多閱讀、多接觸世界。

作為父母，我們對她的期望很平凡：希望她平安、健康、快樂。寫作是她的興趣，我們希望她能繼續在創作中找到幸福。這本書的出版，不僅讓焯然能享受把天馬行空的意念化成文字的快樂，也希望讀者能借她的文字暫時逃離紛擾的現實，得到片刻的愉悅。

最後，我們要感謝「校園作家大招募計劃」給予焯然實現夢想的機會，也要感謝學校老師多年以來對她的栽培，讓她能學以致用，寫出幸福。

許焯然父母

2022 年 7 月

序章

我們逝去的記憶（零）

水火不容的陽與陰相撞，於蔚藍與黝黑的罅隙中碰出了一點橘紅色顏料，顏料輕輕地點在晴天白雲上，瞬間把這浩瀚蒼穹染成昏黃天空。

互不相讓的太陽和月亮於一片橘紅光下爭鬥天空中的王位，衝擊形成了高空中的狂流，把那些潔淨純白的圍觀者颼到地球的另一邊，像是驅趕著無辜的綿羊進入另一個世界。

傍晚黃昏的氣氛總是令人壓抑。

一片暮色下，黎暮影坐在村屋天台的圍欄邊，雙腳懸空，前後搖晃。她雙手撐在背後，仰望著藍黃交互暈染的廣闊天空，臉上掛起了笑容。

在這個位置，只要她纖細的雙手微微一推，她便能掉下去，墜落進地獄，往生了。

但是，她絲毫沒有這個打算。

嘿嘿地笑了兩聲，像是對著虛無之中的微風獻上她的快樂，她勾動了嘴唇，說：「晨熹成功了。」

周圍的樹隨著柔風的流動翩然起舞，簌簌作響，樹葉磨擦間奏出了大自然的交響曲，撞出了雀鳥撲撲拍翼的起飛聲。

黎暮影閉起了雙眼，黃昏美景就此成了黯然黑色，她感受著秋風拂過臉頰的清涼，鑽進耳窩的痕癢，內心一片平靜，恍如靜謐的一泓清泉。

無形的風迎面衝過黎暮影，一點一點地凝聚在她的背後，於天台中央形成了一團微細風雲。這奇異的旋風捲進了空氣，像是個氣球般愈吹愈大，旋轉時發出的颼颼呼嘯聲，碰撞出頑皮的音符，跟隨著表面四處亂竄的風之小蛇跳著華爾茲。

「我的弟弟面試成功了，我那所中學取錄他了。」黎暮影對背後的奇特景象置若罔聞。她雙手猛然一撐，雙腳靈活一縮，鞋底碰在石磚，發出了輕快的「咚」聲，她整個人站在圍欄上，俯瞰眼前一片樹林，把徐徐下垂的夕陽和斑駁樹影盡收眼底。

黎暮影背後的那團風忽然抖動了一下，旋轉著的風如同湖面霎眼掀起漣漪，裡面隱匿著的一抹黑影睜開了雙眼，眸中閃映著碧綠的亮光。

「很厲害，很厲害，我當時可是完完全全輸得一塌糊塗呢。」黎暮影悅然地笑了兩聲，眼睛流露出濃濃的寵愛和一絲柔和的不甘心。

話音畢落，背後湧來一陣烈風，她銀鈴般的笑聲敲碎了風的屏障，風雲被驅散，裡面的怪獸被釋放出來。

怪獸一雙綠眼直勾勾地盯著站著的黎暮影，牠在喉嚨中滾出了低沉的吼叫，猶如獵豹的雙眸鎖定了獵物，牠邁出了牠巨大的腳掌，在電光火石之間飛奔了出去，石頭造的腳掌在地上拖出了一列「隆隆」聲。

怪獸霎眼間便出現在黎暮影背後，咕嚕地呼出冒著熱氣的吐息。黎暮影感受到背後的危險氣息，抬頭望向黃昏晚景，臉頰染上夕陽的餘暉。

「不要給自己太大壓力，你已經做得很好，很完美。」一股暖和的鼻息噴在脖子的皮膚上，黎暮影聽到耳邊傳來低沉渾厚的嗓音。

她莞爾一笑，回道：「可惜，你這一句話對我來說，也是一種壓力。」她的語氣為氣氛添上一層淡淡的哀傷。

怪獸的目光幽幽地緊盯黎暮影不放，嘴角的石頭互相摩擦，「咔咔」的聲音剛落，怪獸便伸出石造的舌頭，蜻蜓點水般舔上了黎暮影緋紅的臉頰，毫不粗糙的觸感讓她以為背後真的是一隻大貓。

黎暮影笑得愈來愈燦爛，惟臉頰上的紅色再增了幾分。她沒有避開，亦沒有扭頭，內心平靜得像無風的藍天，輕聲說道：「如果你是人類，定是一位萬人迷。」

背後的怪獸僵住，目光黯然。

「如果你是石獅子——」充滿磁性的聲音又再傳出，似是在考慮適當的言辭，停頓了一下。

站著的黎暮影忽然轉身，與眼前的石獅子四目相投，雙手捧著石獅子布滿刻痕的臉，在綠眸驚詫的注視下，俯身親吻了牠的額頭。

當黎暮影的嘴唇移開，石獅子從震驚中回過神來，牠灰色的身軀上唯一擁有顏色的綠瞳飽含溫情地望著黎暮影，柔聲細語地接上了對話：「——定是一朵灰玫瑰。」

夕陽的餘暉本來還在頭頂，眨眼間便縮回天的邊界，猶如浪潮拍打完金黃的沙後又退回藍海，只不過這一刻變成了暖黃的浪擊，打完蔚藍的天空後退回天邊。

「哈，這是甚麼比喻？」黎暮影噗嗤一聲笑了。

萬里無雲的空中出現了烏色，暗夜即將降臨，烈陽已失去蹤影，皓月在黑暗中散發潔白的光芒，給天台上的一人一獸撒上了稀疏的銀粉。

「姐姐——」突然，樓下傳來一聲呼喊，深沉的聲線中還留著一絲稚嫩未完全褪去。

黎暮影身體僵了僵，側身躲過石獅子，飛快地跳下了圍欄，站穩在地上。

梯間傳來一陣急躁腳步聲，迴盪出空靈的聲音。

她氣定神閒地向樓梯間走去。

石獅子目不轉睛地望著黎暮影的背影，揚聲問道：「暮影，那個計劃何時執行？」

黎暮影猛然剎停腳步，於夜空下被鍍上了一層銀白色的月光。

「我不知道。」她幽幽地回答。

她把目光放在樓梯口的門上，透過朦朧一片的玻璃凝視著門後的黑影，眼中流露出深深的不捨和眷戀。

「但是，Windy，再等一下吧。」她聽到自己這樣說了。

感到不妥，她連忙回過頭，眼睛只捕捉到夜色中一閃而過的綠光，在漸漸暗下來的夜晚裡顯得格外耀眼。

無形的猛風撲向她，托起了她柔軟滑順的秀髮，烏亮的髮絲在月色下閃爍著銀芒，隨風飄揚。

「咔嚓」一聲，樓梯口的門被打開了。

「姐姐——」弟弟黎晨熹的聲音喚醒了失魂的黎暮影，她連忙望向她親愛的弟弟。

只見黎晨熹逆著光，影子倒在地上，她藉著月光看見她的弟弟皺起眉頭，用疑惑的眼神與她對視，問：「有人來過這裡嗎？」

黎暮影面不改色地答：「沒有喔。」話畢，嫣然一笑。

黎晨熹側了側腦袋，微風吹過他的細髮。

「好吧。」他姑且相信了黎暮影。「你快點下來吧，爸爸買了最新的遊戲！」話畢，他便興致勃勃地跑下了樓梯。

黎暮影看著消失在門邊的衣角，一滴水珠滴落在內心裡面平靜的清泉，掀起了軒然大波。

她很快便要隨著秋風，飄到遠方的幻想世界中。

到時候，或許，沒有一個人能記起「黎暮影」這個將會被秋風帶走的名字了。

第一章

致我在現實社會中的弟弟

烈日當空，蔚藍的蒼穹中飄來了一團團輪廓朦朧的白雲。一股清風從天邊襲來，雲朵像是在迎合著柔和的風，緩慢地移動到太陽底下，為地上的少年遮蔽了猛烈的陽光。

鞋底與地面的摩擦聲拉出了青春的舞曲，輕風旋轉著，轉了個彎，朝操場上奔跑的少年吹去，為他們帶來了秋日下的涼爽。

「真是一股好風。」黎晨熹感受著風裡的秋意，在比賽期間藉機抽了一個空隙瞥向天空，發現熾烈的光線已被遮掩，處於陰空下的他揚起了嘴角。

他早已大汗淋漓，今天的陽光比往常更灼熱耀眼，好像烈陽對他們有著業火難滅的憎恨，彷似要把地面融成蠟漿。

籃球拍在操場的聲音再次響起，將他的思緒重新拉回比賽中。

他愣了愣神，然後飛快地掃過四周，大概記住了隊友與敵人的位置，發現在跑動著的身影間閃過一抹顯眼的橘色，他的腳步不由控制地跟著隊友們在操場上奔跑。

籃球「咚咚」地拍在地上，空靈而沉重的聲音迴盪在寬闊的操場中，少年的跑步聲如同雷鳴，迅速在身邊掠過又在另一邊消聲匿跡，聲音一片混亂中根本分辨不到距離。

黎晨熹在場上奔馳，靈活地躲過別人的阻撓，目光從未從那不停上下躍動的橘色球影上移開。

籃球被敵方帶離了籃板，逃到球場中段的位置，他的隊友們急忙跟了上去。

黎晨熹趁著這個機會往相反方向跑，與隊友們背道而馳。

經過一輪廝殺爭奪，籃球又落到自己隊友手中。

這時，黎晨熹已經站到一個絕好的位置，無人防守。

他急喘著氣，向持球的隊友高舉爬滿汗水的手，汗滴滑落到胳膊處，留下一條透明的水痕。

風從虛無中颳起，像是受到命令般，捲嘯著往黎晨熹的方向直直地衝去，黎晨熹的頭髮被風吹得飄揚，他瞇起眼睛，在模糊中有一道球影急速向他飛來。

他連忙伸手接住，剎那間他還在擔心被汗水沾濕的手會否抓不穩凹凸不平的籃球，但當他的手指觸碰到籃球表面的那一瞬，他便驚覺手掌中的汗水已經憑空消失。

第一章

致我在現實社會中的弟弟

怎麼回事？

現實不允許他細想，手一抓穩籃球，他便瞄向遙遠的籃框，奮力一射。

籃球在半空中畫出了一條漂亮的拋物線，映照在黎晨熹的眼瞳中，他彷彿看見夕陽沉落的景象，暮色中有一道身影在他身邊，被一陣烈風帶走了。

是誰？

籃球穿過籃框，從網線交織的籃網中心墜落到地面。

此刻，黎晨熹感到自己進入到另一個空間，沒有籃球美妙的落地聲和隊友歡呼雀躍的呼叫聲，只有風鈴脆耳的敲擊聲縈繞在耳旁。

他沉溺於這片虛空中，清脆悅耳的風鈴聲是他唯一的曙光，他在記憶中看見玻璃造的風鈴在西斜夕陽下熠熠發光。他伸手觸摸透明的風鈴，在手指摸上表面的瞬間，風鈴頓時裂成碎片，他驚覺血液的緣分已被玻璃碎片切斷，他靈魂的另一半被討厭的風吹到遠方。

他的隊友們衝到他的身邊，勾著他的脖子在他耳邊雀躍地歡呼。

他無視了眉開眼笑的隊友，盯住手心，曾經存在過某些東西的手心。

「哇嗚！」一聲感嘆聲響在耳畔，他的瞳孔猛縮，望向場邊。

那裡沒有人為他的得分歡呼，只有一絲微風吹迎向他，撫過他的臉龐。

他身軀裡流淌的血液，在清風接觸到皮膚的剎那，沸騰起來。

他好像，忘記了一些很重要的東西。

好像，他至親的人隨風飄散至遠方，久久不再相見。

是誰？

到底是誰？

「你在看甚麼？」他的隊友勾著他的肩膀，順著他的視線望去。

「啊，鄭sir？他在做甚麼？」

聞言，黎晨熹舉眼望去，疑惑藏在腦海中，長久不散。

操場四周被校舍包圍，一個男人站在教員室門口，靠著圍欄，指著手腕，凝視著他們。

「他真奇怪。」他的隊友輕蔑地說，掛在黎晨熹脖間的手悄悄縮回去。

「不理他了。喂，我們剛剛贏了比賽，全靠你了！」他的隊友抓著他的雙肩，前後搖晃。

「甚麼比賽？那只是課後午休間的切磋，贏了又如何？」黎晨熹翻了個白眼，顯得毫不關心。

他心不在焉地深思著剛才的問題，卻發現無論自己如何翻找也找不到答案，彷彿十多年的記憶被某人刻意抹去了一般。

「你別裝了，明明最在乎得分和比賽的人是你！」他的隊友露出鄙視的神情，像是洞悉一切的眼神令他坐立不安。

「是嗎？」他欲蓋彌彰地反問道。

他的隊友大力點頭。

「對啊，每天籃球隊練習最認真的人是你，渴望得分最多的人也是你，你別以為自己隱藏得很好，你那熱情似火的眼神都暴露了。」

畢竟眼睛是靈魂的視窗，他心中腹誹道，但他怎會知道自己原來這樣執著？他又看不到自己的眼神。

「還有啊，學習的時候你的專注力可恐怖了，特別是上課期間，你的氣勢騰騰，認真到老師也不敢打擾你，這便是天才嗎？就連測驗考試也從未墜落至九成的分數，真令人羨慕！別害羞了，我只是實話實說，試問你試過『重考』嗎……」隊友原本滔滔不絕地說著他的事蹟，黎晨熹聽得耳尖泛紅，但隊友忽然剎停對他的誇獎，僵住了身軀。

隊友擔驚受怕地環望四周，又臉露難色地抬起頭，望了一眼居高臨下的鄭 sir，顫了一顫。

黎晨熹在操場上也能看到鄭 sir 沉了臉色，使勁地指著手腕，抿緊嘴唇，顯得異常生氣。

這時，黎晨熹才看見鄭 sir 手腕上戴著手錶。

「糟糕了！忘記了！」隊友驚呼出聲。

話音剛落，校舍響起震耳欲聾的鐘聲。

「啊。」黎晨熹恍然大悟地點了一下頭，憐憫地望著隊友。

「你別這樣望我啊！滿分混蛋！」隊友惱羞成怒地瞪大雙眼，不顧黎晨熹，獨自跑向樓梯。

「走了走了！」他邊跑邊向其他人喊話，縱然話語在鐘聲的湧浪中被淹沒，其他人也理解他的意思。

像是警報響起，一瞬間操場上的少年便消失了影跡，操場頓時人影荒蕪。

離開前，敵方的少年還問他：「黎晨熹，你不走嗎？」

正當他想謙遜地拒絕，他的隊友們便熙熙攘攘地推走了對方，把他推上了二樓課室。

「走甚麼走？你第一天認識他嗎？他是天才，每次都滿分！」

聽到這番話，黎晨熹只能尷尬地微笑。

他從來都不是天才，只是一個努力過的普通人。

他落寞地拾起碰巧滾到腳邊的籃球，注意到放在身上的視線尚未離開，他有點煩躁地望上教員室門口。

鄭 sir 俯視著他，與他四目交投，深邃的目光中遁著一絲懷念。

對他的懷念？

黎晨熹慢吞吞地移開目光，輕笑道：「真是一位奇怪的老師。」

話畢，他抬步走進校舍。

曾有傳聞說，這所學校是一座瘋子與天才的製造機。

不是笨蛋，因為不論笨蛋或天才最終也能變成瘋子。

壓力是這裡的空氣，哭泣是這裡的歡笑，無處不在。無時無刻，黎晨熹都能看見學生埋頭苦讀，都能聽到朋輩對話間的哽咽。

黎晨熹經常會思索，他們到底向著甚麼目標一直奔走？為甚麼就算遍體鱗傷也要拼命趕到？

答案十分簡單——他總能在他人因成績好而眉飛色舞的臉顏背後，找到他們內心裡的聲音。

它說：「一切都是為了未來。」

為了未來？黎晨熹沒有這樣的想法。

因為，未來可是一個連愛因斯坦都解不開的未知數，像他們這樣的凡人怎能知道未來的自己會變成怎樣？

黎晨熹對未來抱持著樂觀的心態。

他喜歡活在當下，雖然「活在當下，珍惜眼前」確實老土，但他能感受到當中的意味。

他沒有經歷過別人口中的「壓力如山重」，因為，他有努力過。

結果，他成為了別人口中的「天才」。

天生的天才。

他們的單純真可笑。黎晨熹曾經暗諷過他們，然後，他把自己也一同諷刺了。

「我不是天才。」當時的他對自己訓誡道，「我只是一個努力過的普通人。」

「終有一天，我會失敗的。」

他一直在等這一天，證明他不是被選中的孩子。

遺憾地，他還未等到這一次失敗。

但他很樂觀地想：如果中一等不到，便等中二吧，還有中三和中四呢！

說過了吧？黎晨熹對未來抱持著樂觀的心態。

黎晨熹把籃球放回原處後，漫無目的地在校園內行走。

他踏上樓梯，走到走廊，在課室門外看見一張張對著試卷如臨千軍萬馬的凝重臉孔。

這所學校有一個「精益求精」的機制——「重考」。

老師可以自行制定合格指標，規定學生要滿足條件才能被視為合格，適用於任何形式的測驗考試，不合格的學生要「重考」，通常都會在離午休結束前二十分鐘內完成，要求滿分，再次不合格的要「重重考」、「重重重考」……如此類推。

由於歷屆「重考」的人數太多，學校乾脆增設「重考鐘聲」，於午休結束前二十分鐘響起，也就是剛才的鐘聲。

遲到或缺席的學生都有可能要「重重考」。

中六學生不參與其中。因為根本上，中六已經是尾聲，會自律的人繼續自律，放肆的人繼續放肆，被拋棄的人繼續處於被拋棄的狀態，到了中學生涯最後一年，成年之時，基本上已經斷定未來的路能走幾遠——這是殘酷的現實，社會遊戲長年不變的規則。

黎晨熹與其他學生一直覺得，這簡直就是一個無理的機制。

但是，這個機制卻受到家教會成員致力推廣，只因這個機制不適用於成績表。

對的，成績表上面的合格標準一直都是維持官方設定，從來不受「重考」機制影響。

大人總是不加思索地把一切的期待施壓在下一代，像是要把他們迫得失去熱誠和自我才能放心。可這明明是學生自己的人生，怎用得著別人指手畫腳？

黎晨熹收回思緒，在走廊中心止住了步履，回頭走向樓梯，他打算到沒有課室的地方盤迴。

話說回來，黎晨熹只試過一次「重考」。

想起那次經歷，他不禁蹙眉抿唇。

鄭驕陽老師是他去年中一的中文科老師。

當時的測驗卷上有一條很奇怪的問題：請問你有兄弟姊妹嗎？他回答：沒有。

然後，他便被判為「不合格」。

他曾找過莫名奇妙的鄭 sir 理論，對方只是靜靜地盯著他，幽深的眼神中藏有一抹詫異。

從那時候開始，他便知道這個老師是一個怪人。

因為，這條詭異的問題只出現在他的試卷上，就好像出卷人刻意試探他一樣，那個老師的「怪」只會浮現在他的面前，表露無遺。

「啊！黎晨熹，你要去圖書館溫習嗎？」

黎晨熹漫步到三樓，於樓梯轉角處被人截停了腳步。

他轉身望向叫停他的人。

他的現任班主任正站在陰角處，背後有兩個灰頭土臉的學生。

兩個學生用著一種極為複雜的眼神望著他。

回想到班主任的問話，他思索了半刻，點了點頭。

撒謊這樣的行為早已融進了他的身體與思想中，與世上百萬千萬的人一樣。

「聽到沒有？」班主任卻因為一個謊言而欣喜若狂，她凌厲的眼神掃過背後的學生，大聲訓斥道：「你們別整天想著去玩！『重考』也缺席了。看看隔壁精英班的學生，不需要『重考』也去圖書館溫習，勤奮好學的樣子你們能不能學習一下？」

黎晨熹的臉色黯然，他注意到那兩個學生的眼神愈來愈複雜，像是種種五光十色的情緒被揉雜在一起，最後變成烏黑一片。

黎晨熹對班主任輕點頭顱，抿緊嘴唇，沉著臉色，頭也不回地走上四樓。

他察覺到那複雜的眼神中有著對他的憎惡和冷漠，還有比不上別人的不甘心。

他不屑一顧地嘖了一聲，眼眸閃過一絲伴隨著厭煩的不解。

為甚麼人類總喜歡比較？鬥個誰高誰低真的這麼重要嗎？

這些不顧學業的學生，那些成績為先的學生，某些寵溺勤學的老師……

啊，他怔了一怔，還有那個人。

那個人？

哦，他繼續往上走，又是那個「誰」。

神秘的風從黎晨熹背後無聲無息地吹來，嗖的一聲颳過他的臉頰，穿過他的耳旁。

「……紅筆下的筆跡顯得隨意，
他們怎明白努力的意義？
我們卻盲目追求著紅字，
乞求著它帶給我們啟示。……」

記憶被風攪動起漣漪，一首無名的詩歌由佚名的人高吟出聲，他擰緊眉頭，詩語把他帶回到那個暮色底下，風鈴的響聲又再次迴盪在耳畔。

他依稀憶起曾有一個身影站在徐徐下垂的驕陽前，對著他嫣然一笑。

黎晨熹內心愈來愈不安，他神色冷漠地望著前方，無言地凝視著風曾逗留過的地方，此刻，他竟妄想風尚有靈魂，想請問這如影隨形的風，那個暮色下的身影到底是誰。

在他還未替這愚蠢至極的念頭畫上句號前，他的問話已經衝口而出。

「我問你，你知道『那個人』是誰嗎？」

風的流動驟然而止，卻在片刻後又恢復狂動，他感受到風圍著他轉了一圈，輕柔地吹拂過他的頭髮後，敲響了掛在牆上的鈴鐺。

這時，黎晨熹才醒覺，他漫無目的的散步把他帶到了圖書館門前。

也許這並不是毫無「目的」，黎晨熹心裡暗想。

他莫名地感到興奮不已，心臟在狂跳，血液在顫抖，彷彿風告訴了他一個秘密——圖書館裡有著深藏在他記憶裡的故事。

黎晨熹任由想探求一切的思想扯動自己的身軀，他摸上圖書館的門把，施力握緊，悄然一扭——

圖書館的門打開了，宛如他終於打開了記憶中的枷鎖。

待門關上後，風再次從虛無中颳起，筆直地往某個男人所在的方向衝去。

鄭sir躲在暗角處，倚著牆壁交叉雙手，靜寂地沉溺在陰影中，偷瞥著黎晨熹的一舉一動。

風揭起他遮擋住雙眸的劉海，一雙深沉的黑眸閃爍出怪異的神采。

「叮噹——」

黎晨熹輕手輕腳地關上了門，圖書館裡的氣氛帶給他不一樣的感覺。他第一次進入學校圖書館，雖然早有預料內裡必然是一個寂靜無聲的空間，卻從未試想過這樣的靜謐是如此的令人窒息。

目光掃過有條不紊地擺置在大廳的書架，書架上聳立著乾淨整齊的書籍，數以千計的書本包圍著整個空間，他恍似置身於一片書海中，陣陣書香縈繞鼻腔久久不散。

沒有人注意到他的到來，他留意到所有在同一空間下的人都沉淪在浩瀚的書海中，就連負責老師也埋首於印刷文字裡。

他不敢大喘一口氣，放輕手腳，他靜悄悄地走近書架。

腦袋被林林總總的書名熏暈得眼花撩亂，他表情木然地走過一排又一排的書架，目光從未逗留在一本書超過半秒，內心隱約覺得這些破舊的書不值得他花上些許時間去觀察。

他在找有關「那個人」的線索，他知道自己在找關於「那個人」的一本書。

不然的話，他為甚麼要跟隨著那陣邪風走到藏書最多的圖書館？他為甚麼會知道圖書館裡有著解開他記憶的鑰匙，有著回答他疑惑的答案？

終於，他走到最靠牆的一排書架。這裡便是盡頭了，他攥住拳頭地想。

與剛才一樣，他掃過一本本書，速度快到眼裡只閃過暗沉殘黃的書皮，就連書的倒影也在眼眸中掠去。

忽然，他的目光定格在一抹雪白上。

瑩白如玉的書脊反射出天花板灑下的白光燈，這本雪白無瑕的書隱藏在書架最底層的暗角處裡，閃閃亮亮的表皮在黑黝黝的書海中異常顯眼，黎晨熹卻在虛無縹緲中知道這本神明般耀眼的書未曾被無知的人類借走過。

他蹲下身，凝望著皎潔似月的書，眼神帶著一絲好奇。

由於書皮潔白如雪，他看不清書的名字，這獨特之處勾起了他的興趣。

他的手指因興奮而顫抖著，他急不及待地碰上了帶有涼感的書脊——

一瞬間，所有被人刻意抹去的記憶如潮湧一般，不分先後，不分年份，不分晝夜，不分空間，全部湧進了他的腦海中，如同波濤大浪狠狠拍在他身上，濺起他眼眶中的點點水花。

他想起了這本書的名字。

他想起了他有一個姐姐。

為甚麼他會遺忘了她呢？

原本支離破碎的靈魂在記憶的恢復下再次融為整體，血緣的牽絆重新綁在一起，儘管曾經崩裂過，但到頭來，血的綢帶還是同一種顏色。

——《致我在現實社會中的弟弟》。

黎晨熹心裡知道，這本白色的書，是黎暮影寫給他，一本乘載著記憶與幻想的情書。

我們逝去的記憶（一）

遠方的驕陽徐徐沉落在山影背後，天色由蔚藍褪成赤紅，片片薄雲把清澈透明的天空遮蓋得密不透風，夕陽散出的橘紅火輪輾過飄緲的雲絲，雲彩頓時化作燃燒的晚霞，倒映在天台上兩雙明亮的雙眸中。

黎晨熹沐浴在落日的餘暉下，與黎暮影共同眺望霞光傾瀉。

斜陽底下的山嶺被熏染成暗紫色，佇立在山腰上的天線塔頂端閃爍著亮紅色的光點，但在一片昏黃下顯得黯然失色。

觀察到白晝時閃閃發亮的紅點與薄暮雲霞融為一體，黎晨熹發覺一切耀眼奪目的東西，在暮色的籠罩下也只能成為陽光下的陰影。

黃昏的景色是霸道、孤獨的。它鬱鬱寡歡的模樣勝過任何天色變化，壓抑的氣氛彷如拒人於千里之外。試問拂曉之光能摻和於昏霞中嗎？試問皎潔月色能與暮色相互映照嗎？

黎晨熹醉情於獨一無二的傍晚中，他唯愛這道位於陽與陰中間的景色。沒有暮色蒼茫的天空，便沒有晨光熹微的黎明。一切都是循環，密不可分。

唐突的聲音插進他的告白中，他微蹙起眉頭，卻在聽清楚黎暮影的吟唱後，內心的黑暗不安地躁動著，臉上因看見絢爛黃昏後而冒起的愉悅，被擔憂燃燒殆盡。

他看到紅霞中有一隅破碎了，如同拼圖永遠遺失了一角，不再是完美。

「悲哀的情帶出悲哀的話，
期待中的奴隸擔驚受怕，
比較風暴快要令我爆炸，
手指在壓力浪潮中僵化。
紅筆下的筆跡顯得隨意，
他們怎明白努力的意義？
我們卻盲目追求著紅字，
乞求著它帶給我們啟示。
我們踏上征途往新文明，
怎料腳下卻是一片泥濘。
訴說出的心聲無人靜聽，
惟他人的期待響如雷鳴。
有人踏上路途拼命馳騁，
有人膽怯退後失卻熱誠，
有人發誓絕不自我放棄，
說永不拋棄親情與友情。
每天向未來的世界奔走，
天才成功背後滲透哀愁。
我常常質問自己的初衷，
走甚麼的路才是我所求？」

本來雙手空無一物的黎暮影不知從哪裡掏出了一個精緻美麗的風鈴，風鈴在落日餘暉下熠熠發亮。

「……你的風鈴從哪兒來的？」風鈴與夕陽渾然一體，黎晨熹被其絢麗的光芒吸住了目光，胸腔內為黎暮影乍然冒起的怒火被玻璃的晶瑩剔透給澆熄了。

反正，他的姐姐就是瘋瘋癲癲的。

「風送的。」童言童語從黎暮影口中跳了出來。黎晨熹早已習慣姐姐的瘋狂與天真，他沒有把黎暮影說的話當作是真。

「為甚麼要無緣無故拿一個風鈴出來？在你唸完你寫的詩後？」

黎暮影沉默下來，她的側臉在斜陽白光的交叉照射下，白皙透紅的肌膚顯得易碎不堪，猶如她手中拿著的風鈴，脆弱無比。

「動漫裡啊，」她忽然抬高頭，仰望赤紅漸漸消散的天空，「風鈴帶給我的感覺像是記憶的開關。」她嘻嘻地對著暮色傻笑。

原本無風的天氣颳起了風，風在夜幕降臨期間混和了一絲涼意。

黎暮影濃密而修長的眼睫毛向著風抖動了一下，她收斂起她那在黯然斜陽下互相輝映的笑容，用一副認真的嘴臉，遠眺已經完全沉沒在山崗後的太陽，嚴肅地說：「我希望你能記得我說的話，包括我寫的詩和我的文章。」

話畢，黎晨熹在慌亂中接過了由黎暮影拋過來的風鈴。風鈴在夜色落幕下終究失去了光彩。

黎晨熹內心惆悵地望著手中的風鈴，手指摩娑著風鈴光滑的玻璃表面。

「弟弟啊——」黎晨熹聞言抬頭，感到全身悚然。他的姐姐半個身子伸出了天台上的欄杆，俯瞰地面黑沉沉的樹影。

「如果，有一天，我忽然消失不見，你會有甚麼感受？」未待黎晨熹衝過去把她拉下來，黎暮影靈活地縮回了身子，一臉嬉笑地望住他。

黎晨熹從未試過如此震怒地與他的姐姐四目相對，他擰緊眉頭的雙眼帶著雷霆之怒，和姐姐清澈有神的明眸互相對峙。在雙眼觸碰到對方靈魂的一瞬間，他滿腔的譴責與怒氣被靈動的眸光抹去了蹤影。

他心如刀割般收回了目光，一陣被拋棄的恐懼湧上心頭，他聽見自己用顫抖著的聲音回答了他的姐姐：「那當然會傷心啊。」

「那麼，如果我施法令你忘記我，你會有甚麼感受？」黎暮影急不及待地問道，語速之快彷如烈風吹過耳旁。

「……可能不會傷心吧。」黎晨熹沉默了片刻，再次抬起目光。他看到了黎暮影眸中閃過的雀躍與安心，高呼不妙，連忙補上一句——

「但是，姐姐。」他正氣凜然的模樣猶如面對罪孽深重的千古罪人，其肅穆之態如同面對將逝之人般恭敬莊重，他正言厲色地呼喝道：「你絕對不能拋棄我們！」

黎暮影呆愣的樣子至今仍然歷歷在目，她神色愕然地站在黎晨熹面前，雙眸浮現出複雜難明的情緒，像是波濤洶湧的海面般。愣神半刻，她的嘴角悦然地揚起一抹微笑，再次變成了一幅笑盈盈的樣子。

在黎晨熹眼中，他的姐姐眉間的陰霾驅之不散，肩膀上的重量壓住她嘴角上揚的幅度。這抹微笑如同欺詐師的得意笑容一般，虛偽至極。

始終，黎暮影都沒有回應過他。

黎晨熹吸了吸鼻子，抬頭望向黃昏已逝的夜空，在暗雲湧動的雲層中找到幾顆發著微光的星斗。他緊握手中的風鈴，暗暗許下承諾——

他願意一直陪著他的姐姐在蒼穹下觀望穹蒼的美，不論是晨曦或白晝、黃昏或夜晚，他都願意。

第二章 必須快點找到她才行

十多年的記憶一下子衝進腦袋裡，所需的時間不是很久。

即使黎晨熹在一瞬間便猛縮回了碰到書脊的手指，關於黎暮影的記憶也源源不斷地在腦海中翻滾著——姐姐第一次和他一起去迪士尼樂園，她那張興奮不已的笑顏；姐姐畢業典禮的時候，在台上表演，她那自信滿滿卻帶著緊張的表情；姐姐升上中學後，常沉溺在黃昏的暮色下，她那與夕陽互相輝映的滿面哀愁的臉容……

這樣瘋狂的一切都像是在提醒著他，這些記憶一直以來都伴隨著在他身旁，但是，他卻遺忘了他姐姐的存在，所有關於黎暮影的一切。

怎麼可能？怎麼可能？

他怎麼可能忘記了他的姐姐？

黎晨熹扶住額頭，倒坐在地，脊椎剛好卡在背後的書架上，不舒服的感覺令他才能勉強維持住意識，強迫自己不暈倒在圖書館裡。他頭痛欲裂，緊喘不過氣，不停滲出的汗水沾濕了襯衫，在沁涼秋季下他開始感到寒冷。

記憶湧進腦海中的一刻，他覺得渾身不對勁。他的鼻子突然一酸，眼睛也冒起了淚花，大概現在的他應該是眼眶通紅的吧，彷如一個情緒不穩的瘋子。

「黎暮影」這名字的浮現，讓他感到好悲傷，悲傷到快要流下眼淚，悲傷到想快點找回她。

幾陣急促的腳步聲四方八面地趕到身旁，看來是他弄出來的動靜太大，惹來了圖書館負責老師和管理員的注意。

「必須快點找到她才行……」黎晨熹閉上眼睛，眼皮顫抖著，強忍淚水地呢喃著。

「你沒事吧！」看到他滿頭大汗的模樣，負責老師驚呼出聲，著急地走近他，拉他起來。

「必須快點找到她才行，她一定還在這裡……」在老師的手捏住他肩膀的那一刻，他煩躁不安地猛然睜開緊閉的眼睛，一雙蘊含怒火的眼眸令人驚悚地橫掃過去，目不轉睛地盯著老師。

老師瞬間便僵住了身軀，他的手還牢牢抓住黎晨熹的肩膀，黎晨熹把目光移到老師的手上，其他的管理員因受不住劍拔弩張的氣氛而躲在一旁瑟瑟發抖。

「必須快點找到她才行……必須快點找到她才行……」黎晨熹垂下了腦袋，咬牙切齒地說，牙齒互相磨擦，「咯吱咯吱」的聲音迴盪在寂靜的空間中。

「要像這樣——」他忽然怒吼出聲，右手以迅雷不及掩耳的速度抓緊了老師放在他肩膀上的手臂，帶著那雙睜得圓大的明眸迫貼上老師的臉孔。

「——緊緊地抓住她，不讓她消失才行。」他使勁推開了老師，自己站了起來。

老師跌倒在地上，仰視著居高臨下、氣勢澎湃的黎晨熹，咽了一下口水。

黎晨熹拍了拍身上的灰塵，默不作聲，頭髮蓋住了他的眼睛。

他在亂七八糟的記憶中，拼命回想起黎暮影所在的班別。彷如大海撈針，他一邊忍受著頭痛，一邊在翻找腦海，可思緒卻是停頓了一般，他甚麼都想不到，甚麼都看不清，就像在一片污濁的沼澤裡拼命掙扎都找不到曙光，他腦中只剩下一個念頭——

必須快點找到她才行。

忽然間，他的身體擅自提起了腳步，他開始了奔跑。

猶如一匹脫繮的野馬，他撞開了阻擋著他的人，他不清楚自己對那些畏縮在一旁的管理員吼了甚麼，但他知道自己再也控制不住藏在內心背後那野性的一面，他感覺自己不再是那個充滿學識的「天才」，只是一隻只懂得奔馳的馬，一個瘋癲的「瘋子」。

圖書館裡一陣混亂，寂靜的空間被黎晨熹砸得粉碎。他無視了後面在呼喊他的老師，甚至可說是他根本聽不到周圍的聲音，他的耳中只縈繞著風鈴清脆的碰撞聲，和黎暮影躲在房間裡悶悶的垂泣聲。

他的姐姐正在某處哭泣。

所以，他必須快點找到她才行。

他猛地推開了圖書館的門，掛在牆上的鈴鐺「叮叮噹噹」地響過不停，他歇斯底里地衝了出去，門帶著烈風「砰」的關上了。

待鈴鐺的迴響完全消散在空中，圖書館內又再恢復平靜。

只是，有一個被拋棄的人，內心再也不能恢復平靜了。

門關上的動靜惹來了躲在暗角裡的鄭 sir 的注意，剛抬起頭便看見黎晨熹瘋子一般轉彎拐上樓梯，神色慌張。

鄭 sir 一臉驚訝地看著這一切，原本深沉的眸光閃爍出意外的光彩。微風圍繞著他的耳朵，颳過他的睫毛，他感覺風再次帶領著他前往那個祕密，接近更深遠的真相。

但很快他便意識到，以往現實裡的他長久以來都只是隻身一人，只有他一人了解表面上的真相。他失落下來，驚訝的喜悅消逝，取而代之的是孤獨過後的另一種孤獨，一種不再是只有自己一個的孤獨。

他的視線順著風移至圖書館，神情怪異地盯著片刻，抬步走去，步伐輕浮得彷彿毫無堅持一人的慾望，只因他不再是隻身一人。

黎晨熹衝出圖書館後，急轉上樓梯，完全沒有留意到背後鄭 sir 那張詭異的臉孔。

他逆著風流往上方的樓層奔跑，迎面呼嘯而來的風狠狠地拍在他的臉上，布滿汗跡的臉頰傳來寒意，寒意滲入心底。

他快步走到六樓，短途的奔走並沒有帶來疲倦，只是因為記憶湧入的關係，他汗流浹背，

6A

上氣不接下氣，頭髮凌亂得像鳥巢，顯得格外狼狽，再加上低氣壓的氣場，緊蹙起的眉頭，目光兇狠的他被添上了「瘋狂」的標籤。

六樓走廊上基本沒有學生逗留，看到空無一人的廣闊長廊，黎晨熹莫名地感受到一陣壓迫感，就好像壓力如同巨浪一般迎面撲來。這是來自於文憑試的迫近所感到迫切感，氣勢洶洶地磨碎著人脆弱的心靈。

儘管受到壓力的影響而履步維艱，黎晨熹直接無視了這一切，他在走廊上繼續跑到盡頭，紛亂的腳步聲響徹走廊間。

他愈接近目的地，心情愈忐忑。他必須找到她，但萬一她不在那裡呢？

黎晨熹跑到盡頭，站在6A教室門前。聳立在眼前的門彷如高大的牆壁，阻擋著他探索真相之旅。他沒有像在圖書館前躊躇不決，在一瞬間狠狠地撞上門，手握著門把光速般一扭，門受到他炮彈般的撞擊，疾如雷電地轟上了牆壁，形成一聲巨響，「砰——」彷彿炸開了空間。

還未看清課室裡的環境，甚至沒有理會有沒有老師的存在，他氣喘呼呼地大吼：

「黎暮影在這裡嗎？」

喊出她的名字，這一聲呼喚讓黎晨熹感到陌生，他覺得喉嚨乾涸得像沙漠，彷彿一顆顆凸凹的沙子黏在嘴巴的內壁，他竟然會因為她的名字、她的存在而感到不適。

黎晨熹大喘著氣，腦部的劇痛愈來愈強烈，他不禁以手扶額，眼睛瞇成一線，望向呆若木雞的人群。

整班 6A 學生愕然望住他。他們桌上擺滿各種學習用品，學生三五成群地聚集在一起討論學術上的問題，教室裡沒有老師的存在，卻有著更為壓迫的氣氛，學生們如在漆黑中睜開猩紅的雙眼，埋伏在暗處向他投向敵意的目光。

黎晨熹心一縮，卻硬著頭皮，以更洪亮的聲音大喊：「黎暮影在這裡嗎——？」

有幾個男生嗤笑出聲，女生也露出一副看熱鬧的嘴臉。黎晨熹心如火焚，自己好像快要崩壞了一般。他掃過掛在椅背上的黑色毛衣，彷彿看見黑貓在他面前搖晃著尾巴經過。

他有預感，恐怕他真的找不到她。

所有人都忘記了他的姐姐嗎？為甚麼？

「你搞錯了吧？」正當黎晨熹恍神間，他面前一名英氣逼人的男生挑眉問他。

「哈？」黎晨熹心中燃起半星怒火，凝望眼前交疊雙腿，坐在椅子上仰視著他的男生。

「今年中六可沒有一個人叫黎暮影喔。」男生笑咪咪地說，上揚的嘴角弧度不斷上升，看似快要憋不住笑。

話音一落，全班哄堂大笑，恥笑聲如雷貫耳，當事人卻毫無反應。

黎晨熹在雙眼接觸到對方笑容的那一刻忽然怔愣住了，一張憑空出現的照片遮擋住整個現實世界，他感到自己陷入一汪深潭中。

頓時，柔風吹拂，風鈴響起，風無聲無息地捲過照片，為他揭開了一段夕陽下的回憶。

霞光映照山巒，凝聚一片彩霞。黎暮影的身軀被夕陽染紅，落日餘暉隱去了她的輪廓。

「這個男生是個自戀狂。」她指著手機全班合影上的一隅，不知想到甚麼，忽然失笑出聲：「他曾被我們串通捉弄過——我們買了一條茄子在情人節那天匿名送給他。」

黎晨熹好奇湊近一看，夕陽光傾瀉在手機屏幕，他花了不少功夫才能看清——那張英氣逼人的臉與現實中的男生如出一轍。

照片如同一道驚濤駭浪，毫不留情地把他拍回海底深淵中的現實，翻起石沉大海的回憶。

他失聲叫了那個遺落深海的人。

照片消失，風鈴聲卻從未中斷。他頭痛得緊皺眉頭，眼神看似不善地望向捧腹大笑的男生，失神間憶起了他的名字，輕喊出聲。

呢喃落入男生耳朵中，男生的笑聲驟然而止。

黎晨熹恍恍惚惚地環顧四周，把學生的臉容如同掃描器般掃視一次，每當掃過一個人時，腦中便會播放一段由黎暮影「錄製」的介紹。

「這個港日混血兒，就是之前來我們家那個。我認識她八年了，小學的時候就已經是好朋友，因為我們兩個都姓黎啦！」

「這個女生中文超級無敵厲害，基本上文科類的東西我都比不過她，甚至數學也是一個奇才，可怕至極！我打算明年生日送她一本《道德經》！」

「這個人說她打算將來改名，看來是不太喜歡自己的名字吧……我覺得她挺適合辰砂這個名字，因為她的字啊，真的像砂一樣柔滑——這個比喻真糟糕！總之很漂亮啦！」

黎暮影一直都默默記著所有人。

「那個英文名字很日本，但是超級好人的人在這裡喔。順便一提，她已經兩個月沒有回覆訊息了，明明一直上線，難道她討厭我嗎？」

「這兩個人很要好，也很友善，甚至你在她們身上能感受到的真的是『人性本善』，熱情、活潑、善良，真的是連我都愛上她們了！」

「知道嗎？昨天我尖叫是因為這個男生喔！他突然告訴我他有女朋友了，我嚇得不知道怎麼回他……為甚麼每個人都交往了啊？雖然我不是很想交往——」

但是，所有人都遺忘了她。

憑甚麼？

「你們沒有一個人記得她嗎？」他神情木然地問，身體好像墜入無邊黑暗，看不見周圍的所有。

「明明她記住了你們每一個人的事情，明明她這麼珍惜你們？」

「你們明明是她的朋友，卻忘記了她嗎？當她沒有存在過嗎？」

黎晨熹瞪大雙眼，愈說愈激動，聲音高昂，臉色漲紅，青筋沿著脖子一路往上爬，怨恨在胸中滋生。

他明明是她的親弟弟啊。

學生們面面相覷，竊竊私語地問到底誰是黎暮影。

黎晨熹的怒火一下子被點燃了，正如一枚引爆的炸彈。憤怒、悲傷、責怪，複雜混和的情緒像毒品一樣腐吞噬著他的心靈、他的理智、他的思想。

「你們怎麼可以忘記了她啊！」

他朝著他們暴跳如雷地怒吼，雙拳勃然大怒地揮向講台，殺氣騰騰的模樣震懾了所有人，他們頓時鴉雀無聲，教室裡惟瘋子的拳頭在桌子上捶得「砰砰」作聲。

他好想把這一腔怒火發洩出來，不能忍受他們遺忘黎暮影後所顯的無知，此時此刻他所流露出的瘋狂，像是他一生中的悔恨累積而起的岩漿噴發，誓要埋沒所有遺忘了黎暮影的人，包括自己。

他的雙手傷痕累累，右手破皮流出鮮血，血珠濺在雲石桌面，皎白中透出緋紅。

震耳欲聾的聲音捕捉住隔壁班的圍觀，門外一陣驚呼，無人敢多管閒事，只有數名膽大的學生偷偷地叫老師。

黎晨熹的嘴唇發白，心如刀割，痛不欲生，這份痛楚彷彿是上天降下遺忘了黎暮影的懲罰。風鈴聲漸漸隱去，他的雙拳驟停半空，雙腿忽軟。瘋狂過後的是無力無助，他內心的自責與悲傷形成視線上一層朦朧的濾鏡，他的眼前一片模糊。

「我怎麼可以忘記了她啊……」他失魂落魄地喃喃自語，自責就如鋒利的刀刃，削過他的心臟。

「你先冷靜一點——」旁邊一個女生著急地安撫他，嘗試抓住他鮮血淋漓的拳頭。他察覺到她的動作，頓時怒火中燒，一雙怒目橫掃過去，狠狠地拍開了女生的手。

「你要我怎麼冷靜？」他質問女生，怒聲呼喝。

「她突然就回來了啊！她的記憶像噴泉一樣突然間就從腦中噴上來了啊！我無緣無故就想起了她，然後你們全部都不記得，根本不認識我的姐姐，你們和我到底搞甚麼啊！」

「一群忘恩負義的傢伙——！」

驀然，他意識到有股危險的氣息向他襲來，他下意識往一旁閃躲，卻不料被人擒住了衣領，眨眼間便被狠狠地撞向後方，後背抵著黑板，冰涼的觸感滲入脊椎。

黎晨熹痛得齜牙裂嘴，感受到壓在身上的人氣勢迫人，他更加不甘示弱，雙手伸去掰開男生的手。

是那個英氣逼人的男生，黎晨熹與他對視。他英俊的臉容皺在一齊，神色晦暗，一臉陰霾地同樣盯著黎晨熹。

「今年中六沒有黎暮影！」男生聲音低沉，一改剛才玩世不恭的模樣，臉色異常認真，像是在按捺著怒火。

如此近的距離下，雙方的呼吸都能觸碰到對方的皮膚。黎晨熹能感受對方滔滔不絕的怒氣，可他毫不畏懼，與他怒目相向。

一切都在無言間擦出了火花，氣氛劍拔弩張。

男生首先鬆開扯著黎晨熹衣領的手，黎晨熹站穩在地的同時，男生的腳便捲著風踢向他的腹部，他當下一驚，猛然蹲下，以手阻擋這次攻擊。

「等一下！你還有文憑試要考！」剛才的女生不知所措地大喊，周圍的人群開始起哄。

男生置若罔聞，他急速收回腿，黎晨熹血跡斑斑的拳頭卻在眨眼間迫近他的眼前，來不及躲避，他硬生生挨下力量不遜色於他的一拳，退後幾步。

剛回過神來，男生便迎上了黎晨熹嘲諷的視線，他勃然大怒，揮動雙手再次向黎晨熹衝去。

這次，黎晨熹沒法阻止飽含怒火的攻擊落到自己身上，咬緊牙關地承受這次衝擊。他借身一轉，轉到男生背後，把握機會向他蓄力一撞，將男生撞得往前踉蹌。

「混蛋！」男生惱羞成怒地吼道，漲紅了白皙的肌膚。

二人又再開始新一輪打鬧，雙方打得不分上下，教室裡亂成一團。

黎晨熹已經瘋掉了，他搞不懂。為甚麼姐姐會突然消失不見？為甚麼他們會忘記了姐姐？為甚麼他會直至剛剛才覺醒姐姐的記憶，而不是長長久久，永永遠遠，一直保留著這些記憶？

走廊響起雜亂急促的腳步聲，一群大人如同武裝警察般闖進了教室。老師們在怒斥著他們二人，黎晨熹不太清楚他們呼喝了甚麼，但對面那個人率先「降服」，男生氣憤地瞪了他一眼，憋著怒氣匆匆迎上老師群。

黎晨熹神色黯然，心情尚未平復，只比剛才稍微冷靜了，就像氣焰在打鬧中被搧熄了一部分火光。

霎眼間，突變發生。

校長突然目眥如裂地衝入了教室。腳一踏進門，他便震怒地喊：「是誰打架！到底是誰？」

他老虎般兇狠的雙眼捉到了灰頭土臉的黎晨熹，他頓時勃然大怒，不能忍受學校的聲譽被添上污跡，指著黎晨熹大罵：「就是你嗎？你這個可恨的小子！一定是『差班』裡的學生吧！」

「你知不知道你這樣做，會損害我校的聲譽啊！」

許久不見的風無聲無息地吹起，秋日下的風帶著太陽的暖意，吹過了樹葉簌簌作響，拂過了頭髮輕輕飄揚，黎晨熹再次感受到風的流動，風捲著一段記憶撞進了他的眸中。

「你知不知道你這樣做，會損害我校的聲譽啊！」

同樣的話語，同樣的語氣和同樣的人，他看見自己站在校長室中，同樣面對著怒氣衝衝的校長。不知是因為他頭一次處身於校長室，還是因為這根本不是他的記憶，黎晨熹感到異常陌生，有點慌張。

但很快，他便安心下來，因為他聽到了一把很久沒有再聽到過的聲音。

「我已經盡力了。」那是一把面臨崩潰的聲音，是他姐姐黎暮影的聲音。

黎晨熹終於搞懂了一些東西。

全部都是因為眼前這個道貌岸然的校長。

「就是因為你這個混蛋嗎？」黎晨熹的嘴唇顫顫巍巍，「就是因為你這個混蛋嗎！」他的脾氣一下子被怒火燃爆了。

校長一面不屑地掃過他，憤怒長居不散，他打算繼續斥罵他。

「就是因為你，我的姐姐——！」黎晨熹握緊了拳頭，青筋暴起，眼中彷彿有團烈火在燃燒。

教室內的所有人都嚇了一跳，校長更是身體一僵，他怎麼也想不到，竟有學生敢反抗，瞬間，他像失去了威嚴般瑟瑟發抖，一陣退縮之意萌生於心頭。

忽然，一道身影閃現在他的眼前，替他阻擋住了黎晨熹氣勢迫人的目光。

黎晨熹動作一停，心底一顫，目光一凝，望着突然衝到他的面前的人，頓時怔神，一時間不知如何是好。

鄭 sir 阻止了他打算做出的動作，目光複雜地望著他。

黎晨熹突然覺得被看透了內心。

鄭 sir 的眼神很悲傷，眸光像是貫穿了他的靈魂，知道他的怒氣背後是自責，自責自己為何記不住姐姐，自責背後是悲傷，為隨風而逝、隨風而回的記憶，疊起浮伏不定的悲傷。

他想起姐姐說過：「眼睛是靈魂的視窗。」

為甚麼鄭 sir 會與他一同悲傷呢？

頭好痛，像要裂開了一般。

黎晨熹的嘴抿成一條線，眼前的一切朦朦朧朧，光影重疊，忍耐許久的淚水奪眶而出。

他發出弱小動物似的哽咽聲，一邊呢喃著姐姐的名字，一邊收回拳頭。雙手遮眼，精疲力盡，耳邊來自校長的斥責聲轉瞬即逝。

他頭暈目眩地向後倒下，甚麼都聽不到，甚麼都感覺不到。

他只覺得很哀傷，只因他的姐姐一直在哭泣，一直都在這所學校裡哭泣。

他，必須快點找到她才行。

醫務室裡充斥著消毒藥水味，黎晨熹迷迷糊糊地張開眼睛，倒映入眼簾的是醫務室天花板簡陋的裝修。

他愣神了片刻，大部分時間都用來梳理腦中的記憶，同時也推測到處身在這裡的原因。

他躺在醫務室的床上，雙手的傷口被繃帶綁住，眼睛也哭得紅腫，因記憶混亂而產生的

第二章 必須快點找到她才行

痛楚還殘留在腦中，隱隱作痛。

把每份零碎的記憶片段重新拼接在一起，他大概掌握到黎暮影消失的時間段，是他在小學六年級末的那個六月份的夏天。

為甚麼呢？他狠狠咬住口中的嫩肉，還是疑惑不解。

坐起身，他下了床。唰的拉開隔絕病床的布簾，他看到了一個男人正坐在醫務室的桌子旁，雙手扶額，顯得煩惱不已。

黎晨熹的臉色沉了半分。

「鄭 sir，你在這裡幹甚麼？」

鄭 sir 的身體顯而易見地頓了頓，一臉疲倦地望著他。

「我在等你。」他勉強地笑了一下，平時嚴肅的臉上浮現了哀傷。

「為了，告訴你黎暮影的事。」

他特意瞄向黎晨熹，發現黎晨熹除了在一瞬間瞪大雙眼外，沒有甚麼特別瞠目結舌的表情。

「你猜到了吧。」他苦笑一聲。

黎晨熹蹙起眉頭，點了點頭，低聲說：「剛才……你的眼神，還有一直以來你的行為表現，都很奇怪。」

「哈哈……黎暮影經常說的那一句話：『眼睛是靈魂的視窗。』，看來你牢牢記住了呢。」

黎晨熹攥緊拳頭。

甚麼牢牢記住了，明明他甚麼都忘記了，鄭 sir 這是來挖苦他嗎？

他可是黎暮影的親弟弟啊。

不過，現在後悔也好，自責也罷，就先擱置一旁吧。

黎晨熹放鬆拳頭。

現在最重要的是收集情報，弄清楚來龍去脈後，盡快找回她。

正當他想開口問鄭 sir 時，鄭 sir 像是看清了他的動作，搶先一步開始了新的對話，或者說是單方面的訴說。

「你的姐姐有一雙非常漂亮的眼睛。」鄭 sir 的眼中充滿懷念。

那一種懷念黎晨熹見過，是鄭 sir 望向他時常常隱藏在眼底的懷念。

現在，他終於讀懂了那個奇怪的眼神。

「她的瞳孔裡充滿光彩，生氣勃勃，活力十足。」

「但是，從中三、中四開始，我們老師都感覺到她變了。」

「她的瞳孔裡光彩逝去了，不再閃爍，彷如喪屍般沒有靈魂。」

「她是一名十分優秀的學生。」鄭 sir 望著他，微微笑道。

「正因如此，她的壓力也是無人能理解的。」

黎晨熹張了張嘴，卻不知道該怎樣回答，明明在課堂上他口齒伶俐，現在他卻像個啞巴一樣直愣愣地佇立原地。

鄭 sir 同樣沉默不言，他從桌下拿出了一本潔白如雪的書，放到桌子上。

黎晨熹再次被吸住了目光緊抓不放。

「我當初也是被這本書吸引了。」鄭 sir 看見黎晨熹如狼似虎的目光，輕淡地說。

「我在圖書館裡一個不起眼的角落發現了這本起眼得不尋常的書，我被它吸引過去了，就好像它有著甚麼秘密一樣。」

「我用手，」鄭 sir 摸了書脊一下，「摸了一下。」

「然後，記憶就全部都回來了——我想你應該也是如此吧。」

黎晨熹點頭。

「但是，與你不同的是，我並沒有發瘋。大概是因為黎暮影並不是我的親人，她只是我的學生，而我是那種只想快快教完，快快領薪水的不負責任的老師。」

黎晨熹點頭。

「可就算這樣，我也有告訴你的必要。」

黎晨熹繃緊神經。

「記憶回來的瞬間，最先浮現出的是關於她最後的記憶。」

「那年她中四。六月的某天，午休的時候，忽然狂風呼嘯，風捲著白霧吹到校園，樹木被吹得左右搖晃，簌簌的聲音詭異得讓人心情一沉。」

「我當時碰巧在六樓，從室內看不清楚狀況，所以走到天台，怎料目睹了一切。」

「那一天，沒有陽光，滿天的烏雲遮蓋了光線，周圍的白霧蒙蔽一切視線，我彷彿處身於蒼茫白色中。」

「天空下起小雨，我在陰雨綿綿下看見了她。」

鄭 sir 突然哭了。

「她在天台，沒有站在天台邊緣，而是佇立在天台中間。我醒覺過來，在勁厲的風下向她大吼，她轉身望向吶喊的我，眸中閃爍謎樣的色彩，輕輕地，像是得償所願般，滿足地笑了。」

「然後，從天邊跑來一隻布滿刻痕的灰色怪物，急降到她的身後，發出轟隆一聲，白霧頓時炸裂，向我迎臉撲來。」

「我在白霧冥冥中，看見灰色怪物一雙碧綠的眼睛一閃而過。」

「黎暮影與牠一同消失在茫茫白霧中。」

我們逝去的記憶（二）

「你知不知道你這樣做，會損害我校的聲譽啊！」

校長室中，有兩個人。

一個怒氣衝衝，一個瑟瑟發抖。

「我已經盡力了。」一把面臨崩潰的聲音響起。

黎暮影低下頭，攥緊裙擺，咬緊嘴唇，面對怒火衝天的校長，她毫無反駁之力。

學校裡，校長擁有至高無上的權力，擁有命令眾人的能力。

她正是「眾人」中的一人。她沒有反抗之力，也沒有能力去改變，除了努力過著討人歡心的生活外，毫無價值，平庸至極。

在這個天才林立的社會裡，努力就是她的一切。

「那你為甚麼不努力去準備？上網搜尋相關的資料，好好預習一下不行嗎？」

黎暮影的身體僵了，好像全身血液都停止了流動，從心底滲出了寒涼冰冷的憤怒。

她好想改變這個社會，以及這個「社會的縮影」。

「我有上網搜尋過這次資優計劃的篩選測驗，但是沒有啊！」

「怎麼可能沒有？這個現代社會是由科技編織而成的塵網！任何人都會將資料傳上去！留言、討論區、圖片庫……難道你全部都找不到嗎？」

「我……我沒有那麼多時間去——」

可是她沒有改變的能力，只能任由「社會的縮影」將她改變成符合社會遊戲規則的一枚棋子。

「時間是藉口。一天二十四小時，一個小時六十分鐘，每一分鐘能做到的事數以千計，你真的沒有時間嗎？」

「你只是沒有努力過而已，對吧？」

因為，她只是一個會努力生活的凡人，並不是天才。

「你別忘了，你根本不是天才，只是一個比其他人更勤奮努力的普通學生。」

「如果你不努力，你在精英班裡，在社會中，還有甚麼存在價值？」

「你在這次資優學生提名計劃中失敗了，輸掉了，你的懶惰將我們的名額給抹消掉了，我們學校沒有了名額就不能再參加學生培訓沒有學生培訓就沒有能出人頭地的學生沒有了學生我們的校譽——！」

「我們的校譽就沒有了。」

「因為你敗北了，因為你沒有努力過。」

校長咄咄逼人地把心裡話一下子吐了出來，壓力頓時迎面撲來，填滿了空氣中的罅隙，周圍的氧氣被擠壓走，黎暮影甚至不能呼吸，她感到窒息。

她的努力在這一瞬間被否定了。

就好像所有靠努力走下的路都被埋沒了。

明明她已經努力去迎合這個社會的期望，為此不惜放棄了一切幻想及創作，但到頭來卻被人一筆抹走了努力過的一點一滴，她本來映著晨光熹微的畫作瞬間踏入桑榆暮影。

她忽然好想逃離這個現實世界，放棄朝著未來的奔走，然後遁入幻想中。

「算了，你走吧。」校長失望的眼神烙印在她的視網膜中，她覺得心臟一陣抽痛，眼皮像是失去了希望的支柱，下垂，蓋過了本應光爍熠熠的眼神。

「真的很抱歉。」她彎下駝著的背，向校長鞠躬。

校長轉身，用背脊對著她恭敬的鞠躬。

「我下次——」她抬起頭，看到校長的背影時驀然止住了。

那道逆著光，遮擋了太陽的背影像是一道高聳突立的牆壁，站在她的眼前告訴她，不會有下次了。

她奪門而出。

跑步的聲音迴盪在步廊間，黎暮影跑上樓梯，想盡快回到教室內。

一直以來，她拼命向上爬。就像現在，她也是努力著跑上四樓的教室，一直往上前進。

但是，當她愈爬愈高，心情愈來愈沉重。就算她已經到了頂端，看到了學海波光粼粼的景色，她的心情卻宛如墜落至谷底，沉淪至漆黑一片的深淵。

她厭惡著這個否定凡人努力的現實，深惡痛絕，而且痛澈心脾。

她經常會想，這一定不是她的錯，她絕對不是唯一的受害者。她只是期待下肩膀背負著沉重壓力的其中一人，看著學海卻聯想到無盡深潭中的其中一人。

絕對不能被壓垮，要堅持為未來奔跑，這些鐵鏈囚禁著她的意志，束縛著她放棄的自由。

一定，不止她一個人這樣覺得，一切都是社會這張由險惡人心交織而成的網之錯。為期望而活的奴僕卻被送進期望的血盤大口中，他們沒有反抗逃走的膽量和力量，因為他們被告知——除了回應期待以外他們就沒有其他職責了。

她恨透了這一切。

但是——

黎暮影推開了教室的門，映入眼簾的是同學狂歡的場景。

同學們一大群聚集在教師桌旁，玩弄著桌上的電腦。他們嘻嘻哈哈地打鬧，帶頭的一人在網絡平台上搜尋歌曲，然後按下播放的按鈕——

掛在牆上的喇叭忽然響起令人熱血沸騰的音樂，他們與高采烈地舞動，歡呼雀躍地拍掌，彷彿在歌頌世間上最令人放鬆的時光。

——她愛死了這一切。

是這個現實世界讓她切實擁有這樣的時光。與同學們一起任意妄為地瘋狂，渡過歡樂的日子，渡過哀愁的日子，笑聲與眼淚同在，壓力被抹殺，這是她為數不多能放鬆的時候，她愛著這真實的一切。

為了能在這裡活下去，她願意付出一切努力，不僅是為了虛無飄渺的未來，更是為了切切實實的現在。

她不想離開啊。

為此，她願意去享受人生，與他們一起、與家人一起、與黎晨熹一起……

「黎暮影，你從校長那邊回來了啊！看看他們啊，又再次亂玩一番了！都怪老師沒有登出電腦帳戶……誒？你沒事吧……」她的朋友走了過來，臉上浮現出擔憂之色，詫異地望著她。

「你在哭嗎？」朋友柔聲問道。

「誒？」她的眼淚順著臉頰滑落了。

突然，從窗外湧來一陣狂疾的風，把教室內的一切吹得翻天動地，吊扇搖搖欲墜，紙張彷如蝴蝶發瘋般狂亂飛舞，怒吼狂嘯的風聲蓋過音樂和人的尖叫聲，整個空間猶如颳颱風般一片混亂。

黎暮影的眼淚在一片混亂中被一絲柔風靜悄悄地帶走了。

……還有，與Windy一起。

「我已經受夠這個世界了。」

學校天台上，有一隻石獅子。

牠震怒得發抖。

「為了你們而妥協的『願意』並不代表她『想』。」

「她可是我的暮影啊。」一把忍耐到極限的聲音響起。

Windy坐在天台上，低著頭凝視整個校園，明淨的綠眸寒光四溢。面對這個只顧著向下一代施壓期待的脆弱社會，牠能用捏爆螞蟻巢穴的力度，輕易弄碎它。

對Windy而言，黎暮影就是牠的女王陛下，牠是被黎暮影俘虜的奴隸。

如果有人欺負黎暮影，牠便會消滅他，就算牠要面對神明的滔天大怒火，牠仍然會這樣做。

因為，在牠索然無趣的一生中，黎暮影是牠的一切。

而牠愛死了這一切。

Windy氣勢滂沱地站起身，眨眼間在周圍颳起風幕，包圍著整個校園。

風幕中旋風颼颼，外面亮起條條發光的線條，法陣浮現於其上，微光熠熠。

空中張開了一列武器，牠控制風立起由碎石拼砌而成的尖矛，矛尖對準校園，冷光熠熠。

盛氣凌人的場面猶如扯碎了時間，分裂了空間，環境的一切轉變在Windy的操控下，只為一人而生。

突然，牠像是感應到甚麼，伸出舌頭，向空中舔了一下。

牠的舌尖嘗到了一絲腥鹹摻雜一絲甘甜，是黎暮影的眼淚。

Windy蓄勢待發的身影一凝，整個世界的空氣彷彿在一瞬間停止了流動。牠看了一眼課室的方向，想看到那抹令牠癲狂的身影，但牠只能看見騷動的人群，一道道打量的視線嘗試穿過重重風層到牠的面前，牠頓時覺得噁心不堪。

牠收斂了氣勢，瓦解了石矛，驅散了風幕。

收回怒火中燒的視線，沉默地升空，化成一股風流吹向遠方。

黎暮影不是那種草菅人命的女王大人。

沒有任何命令，騎士只能按兵不動。

就算，怒火像岩漿快要噴發出來一樣，牠也只能忍耐。

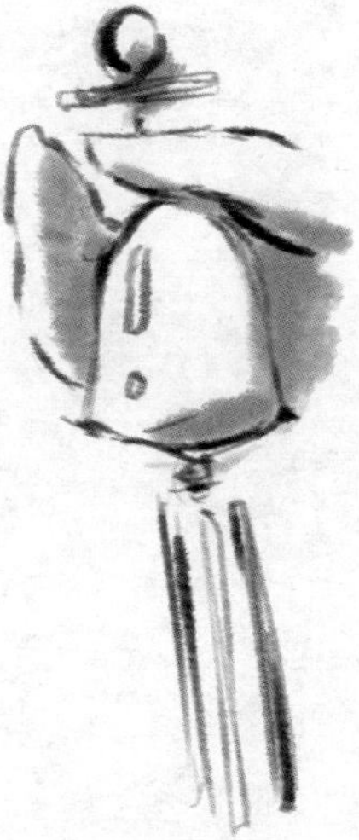

必須快點找到她才行

第三章

五歲的四一二日記

1

「你在說些甚麼……?」不可置信，簡直就是無理之言。黎晨熹瞪大雙眼，突然大發雷霆。

「我的姐姐被怪物擄走了?說甚麼東西!怎麼可能會被擄掉啊!」他暴跳如雷，按捺不住衝動，向鄭 sir 衝了過去，揪起他的衣領。

「怎麼可能有怪物啊!你別想糊弄我!」黎晨熹咬牙切齒地吼道。

鄭 sir 流下淚水，淚水沾濕了他的鬍渣，怯懦的身姿令黎晨熹更加憤怒。

「你倒是說說話啊!你不是成年人嗎?為甚麼你也哭了啊!」他憤怒得有點歇斯底里，甚至令人痛心。他搖晃著鄭 sir，眼中充斥著怒火與傷感。

他的聲音衝擊著鄭 sir 的心，鄭 sir 怔怔地望住他。

黎晨熹同樣哭了。

大概是意識到自己必須堅強，鄭 sir 堅決咬牙，拿手抹去了眼淚。

「我也不知道到底是怎麼一回事，但是——」

「那天我的確看見了，你的姐姐站在天台上被擄掉的一幕。後來的記憶就像斷了片一樣，變得模糊不堪，不能再回想更多。」

「我去翻看過閉路電視，天台的攝像鏡頭當天被破壞了，所以甚麼都沒有留下。你無從考證我的話，或者你不會相信，但我絕對不會說謊——」

鄭 sir 的目光還在泛著淚光，卻堅決得讓人覺得真誠，不像說謊。

「至少，我不會在這件事上說謊！」

黎晨熹的腦袋高速運轉，眉頭鎖緊，暴躁地進一步扯緊鄭 sir 的衣領，把比他高一個頭的鄭 sir 拉得更近，就連呼吸也能觸碰到彼此。

他盯緊鄭 sir 真摯的目光，陷入一陣沉默。

得知了這麼多荒謬的事，黎晨熹已經不知道要做些甚麼，他連思考也思考不到，彷彿處在撲朔迷離的霧霾中。

不能思考，那就不要思考。先把所有碎片收集起來，再釐清思緒，把混雜的碎片拼砌出真相。

冷靜一點，腦袋已經沒有剛才那麼痛和混亂，不會再次發瘋，現在只需要冷靜，冷靜，冷靜……

放學的鈴聲不識時務地響起。

「而且，我還有更不可思議的事情要告訴你。」察覺到黎晨熹的情緒開始平復下來，鄭sir低聲開口道。

「是一件只能在這個鈴聲響後，或是當時間到了四時，才能讓你親眼見證的魔幻事物。」

「你看見後，一定會相信我說的話。」

黎晨熹靜了片刻。

他嘆了口氣，放開衣領，把鄭sir粗暴地推回座位上。在鄭sir揉抹著自己的脖子的同時，他走向桌子的另一邊，拉開椅子坐下。

「甚麼事？」他問。

鄭 sir 咳嗽兩聲，側著身子坐，把桌子上的書推向黎晨熹。

黎晨熹狐疑地望著鄭 sir，看見鄭 sir 對他點頭，他毫不猶豫地拿起了書，揭開了書面。

黎晨熹先是把書快速翻了一遍，發現紙質很普通，唯一特別之處就是有點太白了，雪白的紙在燈光下好像泛起白光，讓人感到很神聖，是一本很溫柔的書。

起初，黎晨熹以為書沒有任何印刷文字，都是雪白一片，但當他揭至第四章時，他忽然止住了。

「第四章」三隻小小的字，悄悄地印在紙的右上方。

他繼續往下揭，不禁有些失望，因為也是甚麼都沒有。

直至，他揭到第四章的第十二頁。

那一頁上，充滿了鉛筆的筆跡，而且被人刻意擦去了。

但是，這種「消除」的感覺並不像是真實的，就像是他與書頁之間隔了一層厚膜，有人在厚膜的對面擦去了鉛筆寫下的字。

是一種很不透明的感覺。

而且，四一二這個數字也讓黎晨熹不容忽視，就好像四一二這個數字有著特別意思。

這不是偶然。黎晨熹瞬間便想到。

因為四月十二日正是他的生日。

「這本書是專門給你的。」

鄭 sir 看著手錶，「現在是四時十分。等一下吧，等到四時十二分。」他摘下手錶，放到桌上，正對黎晨熹。

秒針滴答滴答地走著圓圈，兩人屏息靜氣地望著手錶。

周圍好像有了靈魂，窗外的樹葉輕輕擺動，兩隻蝴蝶翩翩起舞，好像在他們的注視下，時間開始了流動，一切都富有生機。

風悄悄地颳起了。

分針到了十二分。

書上出現了文字。

十月六日　星期三　黑色的樹

今天和Windy一起玩捉迷藏。我睜開眼睛後周圍就變成樹林了。

黑漆漆的森林，樹木十分高大，它們的影子像是把我壓住了，黑得可怕。森林根本不是綠色的。

我要抓住Windy，所以我希望有一個不透風的網子，然後小鳥們就從空中把網子丟下來了。

我拿起網子，向前面的風一掃，大叫：「我找到Windy了！」

Windy 被我找到了，所以 Windy 輸了。

然後 Windy 生氣地說我被找到了。牠不是在說牠被找到了，是我被找到了。

我問牠為甚麼我被找到了，被誰找到了。

到最後 Windy 都沒有告訴我。

「這是甚麼……！」

文字一筆一劃地浮現出來，憑空出現，並不是以印刷文字的模式登場，而是由鉛筆寫下，彷彿有人在書的裡面書寫。

「這是一篇日記。」雖然鄭 sir 已經看過很多遍，甚至曾徹夜研究一番，可每當日記浮現出來時，他都會覺得很不可思議。

這根本不是人能做到的。

「這是《哈利波特》裡的魔法嗎？」黎晨熹已經激動得站起來，他一臉震驚地望著書中的日記，望著文字逐漸浮現，他的身體開始顫抖，打從心底覺得恐怖。

「……可能吧，我也不清楚。」鄭sir看著日記的最後一句被寫上句號，補充道：「但是，當你想在這本書寫字的時候，這本書會把你的字跡像海綿一樣都吸收掉，而且這本書不會與你對話。」

「這本書是一本有靈魂的書。」

「正如你所見，每天的下午四時十二分這本書便會自動『更新』，沒有人書寫，也沒有任何機關，每天準時四時十二分，文字便會浮現，而且每天的內容都不同。」

「內容也是匪夷所思，看似是某人的日記，但是，裡面描繪的事物在現實裡不可能發生，例如日記的主人曾經說雲上面有一隻飛龍——由我發現這本書的秘密那一天，也就是憶起黎暮影的那一天，我每天都有記錄日記的內容，你有興趣的話之後再給你。」

「然後，在第二天的下午四時，日記內容便會神奇地被擦掉，到了十二分又再呈現出另一篇日記。」

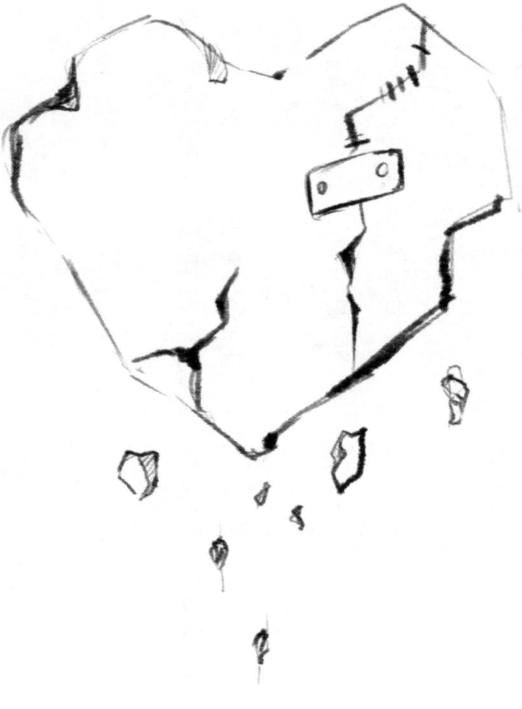

鄭 sir 擦乾臉上淚水留下的濡濕痕跡，揉著太陽穴。

「我……已經不知道應該再做甚麼了。」

「從我的記憶恢復開始，我的世界觀崩潰了，常識被推翻了。這個漫畫一般的情節竟然發生在我們身上，除了覺得不可思議和不可置信外，我不知道可以說甚麼。」

「你的姐姐——」他難以啟齒，「大概……凶多吉少。」

「或者說，她從一開始就不曾存在過。」

「你也有這種感覺，對嗎？覺得以往發生的種種，全部都不存在似的，好像全部都是自己的妄想，黎暮影根本沒有存在過，全部都沒有發生過——」

「那些記憶是虛假的。」

黎晨熹的頭腦就像被雷劈了一樣，又再傳出陣陣劇痛。

那些記憶是虛假的？

也就是說他的姐姐是虛構出來的人物？

就連那些歡樂、愉快、哀傷、痛苦的事情，也全部沒有發生過？

真的是這樣嗎？

清涼的風徐徐吹拂，把他眼眶內的淚水吹得搖搖晃晃，世界的一切都變得模糊不清，好像全部都變成了半透明的雲朵一樣空濛。

腦袋停止了思考，他沉默地、靜靜地、獨自一人地又哭了。

「為甚麼你又哭了啊……？」七歲的黎暮影蹲在他的面前，伸手拭去他的眼淚。

「還不是因為姐姐你……把我帶到後山，又不說要做甚麼！然後還迷路了！」

黑壓壓的森林讓他感到恐懼。他撲到姐姐的懷裡，揪住姐姐的衣服緊緊不放。

黎暮影輕撫他的背脊。

「放心吧，我們絕對能出去的。」

他繼續哇哇大哭。

黎暮影嘆了一口氣。

「知道嗎？記憶是一樣十分神奇的東西，恐怕世間上沒有其他東西比記憶更神奇了。」

「記憶是鎮定劑，是安撫藥。所以，媽媽和爸爸常常告訴我們，每當你覺得恐懼或是哀傷的時候，第一件要做的事不是哭！是回想起開心的事情，開心的記憶！」

「記憶是絕對不會說謊的，記憶是絕對真實的，所以不要害怕，不要驚慌，好好地留在記憶中吧！」

「不要哭了，抬頭望我一眼吧。雖然是我弄哭你，不過姐姐我會一直在你的身邊。」

他抬頭望向姐姐，看見姐姐對他嫣然一笑。

「我可不會說謊喔，說了會一直在你身邊，就一定會一直在你身邊；說了絕對能出去，就絕對能出去；說了要給你看有趣的東西，就一定會給你看到！」

「那些記憶是真實的。」黎晨熹突然止住了流淚，忽然說道。

「哈？」鄭 sir 詫異地望著他。

「我相信我的姐姐曾經存在過！」他無視了鄭 sir，搶過桌上的書，直直往門口走。

「的確，你親眼目睹我的姐姐被怪物擄掉了，然後關於姐姐的記憶又全部被抹殺了，再來又找到這本書恢復記憶，發現每天都會改變的四一二日記……這些事情全部都是奇幻的、魔幻的，說是『空想』也不為過。」

「但是，如果我能找到我的姐姐，她沒有被怪物加害，那麼，這些看似『空想』的東西就是『奇蹟』。」

他邊走邊說。

語速飛快數量又多的字句，令鄭sir聽得糊里糊塗，當他回過神，便發現黎晨熹已經打開了門，準備走出醫務室。

「等一下！」他按捺著青筋爆起，向半隻腳已經踏出醫務室的黎晨熹大吼。

「難道你打算找她嗎？」大發雷霆的他不可置信地瞪大雙眼。

黎晨熹縮回步伐，皺起眉頭，望向他，反問道：「這不是當然的嗎？」

「她……很有可能已經被怪物殺死了！而且，記憶一事、日記一事、怪物一事……這些東西可都是奇幻又可怕的事情！從根本上而言這一切都不可能發生，這已經超出了我們想像，說不定這一切都只是夢、一切都只是幻想！甚至可能她已經死了，我們只是不能忍受才幻想出這樣的事情甚麼的——」

「我堅信我的姐姐還活著！」黎晨熹對鄭sir吼道，漲紅了臉。

「所以，無論要找多久，要找多少次，我會去找到她！」

「她可是我的姐姐！」

醫務室的門啪的被關上了。

2

車馬喧囂的噪音貫穿牆壁，絡繹不絕地傳入室內。房間幽暗，只有霓虹閃爍的都市夜景倒映在窗戶上，泛出點點燈光，成為房間中唯一的光源。

這是一間書房，房間裡的擺設簡單，有數個高至天花的書架，上面樹立林林總總的書本，布滿塵埃。

書桌靠窗，都市的燈光滲透了窗戶，灑落到桌面和桌前的男人身上，男人的臉容暴露在燈火下，多了一層陰影。

鄭 sir 呆望窗外，眼神放空。

剛才，他和校長通了電話，內容是關於黎晨熹打架一事。

校長這樣說了：「那個學生是全級第一啊……那麼壓下事件吧！兩個人交輔導組勉強處理一下！不用通知家長了，只要成績維持平穩便一切安好，不要影響他們，以及學校的前途！」

因為是全級第一，因為成績好，因為前途一片光明，所以就不用受罰？

因為這個在「成績為先，前途為重」的社會中，「成績」和「前景」凌駕一切，所以凡是觸及到「灰色地帶」的事件和犯人，就不需負上任何責任？

社會、不、世界不應該是這樣的世界吧？

鄭 sir 向後靠著椅背，凝望著黑暗的天花板這樣胡思亂想道。

「要觸碰到書，記憶才能恢復」的假設是錯誤的。

他已經做過好幾次實驗了——他讓所有同事都碰到那本神神秘秘的書，沒有反應；他讓黎暮影的同學、朋友都碰到那本書，也沒有反應；他甚至找到了黎暮影的小學，讓那裡的教職人員碰到那本書，都沒有反應。

只有他一個人在碰到那本書後，才憶起了所有。

所以，他記起了黎晨熹是黎暮影的弟弟。

但是，他沒有第一時間讓黎晨熹碰到那本書，因為——

他覺得黎暮影可能沒有存在過。

鄭 sir 沉默了幾秒，想起了與黎晨熹的對話，老實說，黎晨熹在那一刻表現出來的決心，令他動搖了。

他決定孤注一擲，起身，打開了燈的開關。

房間內驟然燈火通明，照亮了一個雜亂不堪得像垃圾堆的房間。

地面上的雜物堆積如山，遍地的文獻和書籍堆成半米高的小山丘，杯麵的空殼在房間角落聚成了另一座垃圾山，東西太多又太亂，令頗大的房間變得狹窄，感覺雜物永遠都不能收拾乾淨。

鄭 sir 走近一面被蓋上了黑布的牆壁。

他一把扯開布簾，布簾泛著波紋無聲無息地掉落到地上，露出了牆壁上寫滿字的資訊牆。

他調查了，從回憶起黎暮影的那一天開始，他便每天，不分晝夜地調查黎暮影的去向。

黑眼圈漸漸不能消散，鬍渣也不再刮了，他成了學生口中的「怪老師」。

他不再關注他的學生們，逐漸地，他的眼裡就只有黎暮影一個學生。

但是，經過了這麼多調查，他發現了一個事實。

黎暮影的存在被人抹殺了，就好像她從來都沒有出現過一樣。

這已經不是人能夠做到的，任何人也不能。

恐怕，他沒有可能找回黎暮影了。

因為根本不可能找到一個從來沒有存在過的人啊。

就算去報警、僱用偵探、登報尋人、網絡出帖子……甚麼方法他都試過了，任何關於黎暮影的消息都沒有。

她真的被擄掉了，被抹殺了，被消失了。

她被殺掉了，被這個忽視壓力存在的現實，被這個不容許幻想尋歡樂的世界。

他自己根本不想再介入這神怪之事，不想再調查一個不存在的人，他只想隨便教教學生，領薪水，然後快快樂樂地退休過活，再自自然然地死去。

但是，她的弟弟說她還活著——這個世界還有「奇蹟」，還有「希望」。

他願意賭一把，賭這個奇蹟的存在。

他會協助黎晨熹，提供他所有曾收集過的資料，給予意見，就像是一名教授「如何找到黎暮影」的教師。可是，他這名教師已經再也不會去備課，再也不會去調查了。

就算是那個善良如天使的黎暮影，無私包容一切的黎暮影，大概也不會想一個瘋子去找她吧。

這時，他走向滿是書本的書架，從中抽出了一本書，輕輕撫過封面，將上面的灰塵掃到地上。

在他抖動書本時，一張紙飄飄晃晃地落到地上。

那是一張確診抑鬱症的診症書和一本關於「靠自己克服精神病」的指南書。

3

學校男廁內。

黎晨熹拉上拉鍊，走向洗手盤洗手。

廁所裡只有他一個人，空靈的流水聲迴盪在這個窄小的空間內，他聽著水聲，望著倒映在鏡子裡的自己，久違地失了神。

記憶恢復後，過了兩天。

當天回到家後，他疲倦得好像跑了地球一圈，在門口倒下，暈睡了五個小時，直至深夜，父母回來時才醒來。

他本以為學校會通知父母打架的事情，父母會大發雷霆，結果事情好像被壓下了，父母渾然不知。反倒是他的朋友們瘋狂用訊息轟炸他的手機，問他到底怎麼了。

他沒有回覆他們，連訊息也沒有讀取，手機就這樣放在桌面，因為他還有更重要的事情要處理。

他讓父母碰到那本書。

父母甚麼反應都沒有，反而嬉皮笑臉地問他這是甚麼書。

他心情複雜地把在學校發生的事情一五一十地告訴他們，告訴他們還有一個失蹤了的女兒。

然後，除了打架一事令他們有點憤怒外，他們更多的是認為長期的讀書壓力迫瘋了他。

所以昨天他沒有上課，他被勒令留在家休息，而且不停被父母洗腦：就算成績不好也沒有關係。

他……覺得好哀傷。

當晚，他在父母面前崩潰，大哭大鬧了一場，責罵他們為甚麼會忘記他們的女兒，翻找了家裡每一個角落，可是，相簿裡沒有姐姐的照片，姐姐的房間成了書房，就連姐姐送給他的風鈴都不見了。

當他發現家裡沒有姐姐存在過的痕跡時，從記憶恢復開始醞釀的哀愁、自責、不解，漸漸像數條河流匯成湖泊，匯成了對怪物的怨恨。

如果，他的姐姐不是被迫而是自願，自願跟隨怪物遠走高飛，自願拋棄世間的一切置若罔聞……

他忽然覺得這件事很可惡。

如果沒有姐姐的事情發生，他不會打架，不會違反校規，管他人稱他為天才還是精英，他也會是一個前途似錦的學生。

他畢業後，會成為工程師；姐姐畢業後，會如她所願成為一名作家，在她出版的書上簽上她的名字。他們兩姐弟會賺很多很多的錢，會有自己的家庭，也會互相關照對方的家庭，會給予父母家用和陪伴，讓他們享清福。

如果沒有姐姐的事情發生，就算未來是個連愛因斯坦都解不開的未知數，他也能憑他那被別人過分吹噓的聰明才智窺見一點點未來的模樣。

如果，沒有姐姐的事情發生！

他關上了水龍頭，以手掩面，水珠從臉上滑落，好像他哭了一樣。

「姐姐……求你了，快點回來吧。」他聽見他的聲音顫抖著說。

「你們知道黎暮影是誰嗎？」

「啊，我知道！是A班的黎晨熹的幻想女友，對吧？」

正當黎晨熹打算從洗手間出來時，門口傳來喧鬧聲。黎晨熹猛然煞停腳步，剛好停在洗手間的死角位置。

是同級生。黎晨熹只聽聲音便認出來了。

他們在門外，看來不打算進來。

「為甚麼是幻想女友？」

「因為，那傢伙前兩天憤怒地衝上了六樓，大喊：『我的黎暮影在哪兒啊！』明明那個女生只存在於她的幻想中，真的笑死人了！」

「啊——他還打架了對嗎？」

「對啊！但是沒有受到任何懲罰，沒有通知家長，沒有寫悔過書，學校明明知道卻只交給輔導，他請了一天假後照常回校上課，好不快活！」

「這個世界真是不公平啊！成績好的學生理所當然地搶奪所有優惠，我們『差班』的學生只能夠得過且過，憑著最愚笨的腦袋，和與精英相比那差了一大截的天賦，就算我們努力了，怎樣也贏不過那些精英班裡的天才。」

黎晨熹的心情被他們的話綁成一團，很難受，很不爽。他氣衝衝地打算衝出去理論，卻意識到自己除了「黎暮影不是幻想女友」一事以外都無從反駁。他咬牙切齒，不甘心地打消念頭。

正當門外的同級生們嘻嘻哈哈地譏笑他時，另一把穩重低沉的聲音響起：

「不要在洗手間門前說別人壞話。」是那個奇奇怪怪的鄭sir。

同級生們哇了一聲，表現出嚇一大跳的模樣，然後陪著笑解釋這只是學生間的互動討論，請老師不要誤會，說一大番欲蓋彌彰的藉口，聽得黎晨熹嗤之以鼻，說完後便飛快起跑開了。

聽到腳步聲消散在走廊間，縱然注意到鄭sir尚未離開，黎晨熹也光明正大地走出洗手間。

他的出現令鄭sir大吃一驚：「你原來在一直這裡啊。」

他對鄭sir用乖乖學生的點頭打招呼，也為剛才對方替自己解圍表達感謝。

他凝視同級生們離去的方向，輕嘆道：「這個世界真不公平。」

鄭sir想到剛才的對話，欲言又止，最後語重心長地感嘆：「受惠的人從不這樣覺得，只有受害者才會有這種想法。」

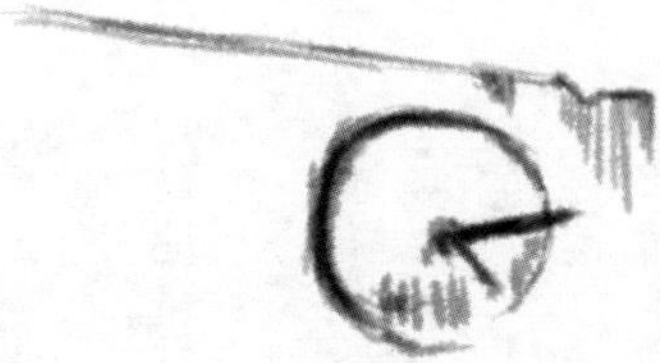

「那麼這個世界有很多受害者呢。」

鄭 sir 望著黎晨熹，少年整齊的黑髮乖巧的地貼在臉上，柔順得像細滑的絲綢，烏黑的頭髮反射著璨黃的陽光。

在一瞬間，他彷彿看見了那個靠努力站上頂端的學生，那個他曾經最為自豪的學生。

「黎暮影她……很令我自豪。」他忍不住開口道。

「但是，我們，包括校長和其他老師，對她有太多太多的期待了。」他察覺到黎晨熹直勾勾地望著他，但他沒有與黎晨熹對視，他羞愧地垂下了目光。

「期待是一種很可怕的壓力。我們就像在砌積木，把期待一塊又一塊地拼接在一起，立志要在她身上建一座高樓大廈，但沒有在意拼接的規律，只是一味胡亂地把期待和壓力施加到她的身上……」

「當一塊積木崩了一個缺口，那麼，全座大廈都會崩塌。期待會成為散沙，分量足以掩蓋一個人的心靈。」他哀傷悲愁的聲音迴盪在走廊間，路過的學生好奇地望向他們。

「是我們把她推向怪物口中。」他把頭垂得更低，在別人眼中就像他畢恭畢敬地向黎晨熹鞠躬一樣。

黎晨熹沉默了片刻，嘖了一聲，偏開了頭。

「我不是說了我堅信她還活著嗎，你說到好像她已經不在了一樣，為甚麼人總是覺得『不存在』就等於『死亡』呢……」

「昨天，我也思考過了。因為一切都太過科幻、魔幻，弄得我的腦袋好痛，甚至一度有認為姐姐擅自拋棄我們，所以我們應該要撒手不管的念頭。」

「但是，我不想就這樣放棄我的姐姐，不論她是自己決定要做這一切，還是受人威脅才被消失，我都想揪她出來狠狠地罵她，質問她為甚麼要對我說謊，問她到底知不知道被拋棄的感受有多麼的痛苦和令人瘋狂。」

「如果真的是學業壓力令她失常，進而選擇令自己消失不見，那她的確是受害者，但同時也是這一切的始作俑者。」

「如果是有其他悲痛的原因，就比如她是受人所迫，那麼我們就必須！必須找到她，然後拯救她！」

「因為也只有我們兩個，能記得她的痛苦，聽到她的求救聲了！」

黎晨熹義正嚴辭的模樣令鄭sir陷入呆怔。

他真的看見了，曾經那個女學生站在黎晨熹的位置，妖精般調皮地對他展開微笑。

「老師，如果我有一天消失不見了，你一定不要來找我喔！」

「為甚麼？」

「因為我的弟弟說了他會來找我。」

「為甚麼？」

「沒有為甚麼啊，我們可是姐弟喔。」

「我們是被血緣眷顧的天選之人啊！」

「我知道了。」

鄭 sir 如釋重負地微微勾起嘴角。

「如果你有需要，我會協助你，將我至今的猜測和資料都給你，但是，我不會再親手調查了。」

他從口袋中掏出一個 USB，拋向黎晨熹，看見對方難得可見的慌亂模樣，愉快哼笑出聲。

「因為，我本就不屬於這個『魔幻故事』中，我只是一個配角。」

「而你才是故事的主角，你才是她的白馬王子。」

風從遠方吹了過來，吹撫過忙著收好 USB 的黎晨熹的髮絲，像是在替他加油打氣般，為只屬於黎晨熹的調查揭起了帷幕。

這樣的調查，說長不長，說短不短，持續了約五個月之久。

直至，黎晨熹步入黎暮影的幻想世界之時。

十月八日 星期五 黃金城堡

今天，我和Windy一起建造了一個金色的城堡。

就像施展魔法一樣，城堡在一瞬間便建成了。

從外面看起來很大的城堡，裡面也一樣大。房間總共有四十間，

就連廁所也是金色的。

我告訴Windy我很喜歡這麼大的家，Windy很開心，牠在家裡不停地

蹦蹦跳，好像小狗汪汪叫。

但是之後去吃晚餐的時候，我看到一桌子的料理，有意大利麵和

火雞，我突然覺得我好卑鄙。

我又告訴Windy我不太喜歡這麼豐盛的晚餐和金光閃閃像星星的餐具，Windy問為甚麼。

我說我也不知道，只是覺得這樣很對不起賣火柴的小女孩，因為她甚麼都沒有，而我甚麼都有，我好像很心痛。

Windy說我很善良，知道甚麼才是最重要的。

在Windy把城堡變成一間建在高山上的小木屋時，我問Windy甚麼才是最重要的。

牠說：「同理心。或者是，知足。」

十月十三日　星期三　沒有特別

我不寫天氣，因為我能控制這裡的天氣，只要我想晴天便是晴天，陰天便是陰天。

我很喜歡這樣的天空，也是，還是不能控制的天空比較有趣。

我告訴Windy這件事，Windy慌張地叫我絕對不能離開牠。

為甚麼我會離開牠呢？

我忘記我回答牠甚麼了，也應該說了我不會離開牠吧？

因為Windy是我第一個朋友啊。

十一月十六日　星期二　生日快樂！

我今天生日！

因為玩得太開心了，已經很累了，所以我今天就不詳細寫我做了甚麼。

不過今天真的很開心，我相信到七十歲都不會忘記！

啊，Windy剛才看到了這句話，然後牠問我要不要測試一下。

我問牠測試甚麼，牠答測試七十歲時我會不會記得今天的事。

Windy經常告訴我，只要我想，在這個世界裡我甚麼都能做到，我也能變成七十歲的老婆婆。

我笑Windy是個白痴，因為沒有人會想變成老婆婆，然後就去睡了。

晚安。

十一月十九日　星期五　2、二、two

今天去草地捉蚱蜢，我捉了兩隻。

曾經有人說過，因為我是姐姐，所以要懂得分享。

所以我捉了兩隻，一隻留給自己，一隻送給Windy。

也是，好像第二隻並不應該給Windy……

說到底都是「二」的錯，二只有兩劃，而且只有二，總之只是二，不太足夠！

所以，我比較喜歡「三」。

也是，Windy說總有些情況是「二」。例如，『一加一等於二』和『二減一等於一』。

我反駁牠「二減一等於一」不關「二」事。

牠說：「對呢。」

「對我來說，二減一就等於零了。」

我還是不懂Windy在想些甚麼。

十二月二十一日 星期二 環遊世界

我們整周都去世界各地看風景。因為忘記了周記的格式，所以不寫了。

我們去了倫敦，在電話亭裡玩捉迷藏。

我們去了巴黎，買了一間別墅，能看見巴黎鐵塔。

我們去了日本，在夜晚飛上東京鐵塔，看地面的燈光。

我們去了瑞士，很美，我很想和Windy在湖中潛水，但Windy不喜歡水，所以我們只是坐在湖邊，望著藍藍綠綠的湖，從日出看到日落。

但是，我還是最喜歡和Windy一起看過的維港，沒有為甚麼，我就是喜歡香港。

十二月二十五日　星期六　聖誕快樂！

Windy邀請我和牠一起去約會。

我答應了，因為我也喜歡Windy。

但是，我們已經每天在一起了，還需要特別去約會嗎？

Windy激動地說：「約會就是約會！」白痴一樣。

一月一日　星期六　新年快樂！

Windy又跟我說，只要我想，在這個世界裡我甚麼都能做到。

所以我希望新一年世界可以和平。

Windy說這是一定的，因為這個世界沒有其他人類，只有我和牠。

一月二十七日　星期四　日記

今天，Windy問我為甚麼要每天寫日記。

我說是為了令自己開心，記錄每天的開心事，如果未來的我不開心，只要看看這本日記，便會開心了。

然後牠問我在這裡開不開心。

我說很開心，但總覺得缺了一點東西，所以又說不太開心。

Windy說：「這就叫『矛盾』。」還說了「自相矛盾」的故事給我聽。

我覺得很有趣！所以問Windy到底是甚麼都能刺穿的矛贏，還是甚麼都能防禦的盾贏。

Windy說牠也不知道，但是，牠相信這個故事根本不是真的，只是幻想。

「而且，矛和盾本應就是一體。要成為最強的矛，也要成為最強的盾，這樣才能保護他人。」

「把它們分開，就只有死路一條。」

所以，如果把我和Windy分開的話，就只有死路一條。我問Windy這樣對不對。

Windy十分高興，說：「對！不過，我一定會保護好你的，所以我們永遠都不能分開，分不開。」

一月二十八日　星期五　小狗Windy

Windy今天異常高興，可能是因為我和牠玩了「把球拿回來」。

牠在草地上蹦蹦跳跳，跑來跑去，就像小狗一樣。

但是，牠明明是隻石獅子啊，應該……是一隻貓吧？

到底Windy是貓還是狗呢？又或者是，一尊石像？一股風？

我猜這就叫「矛盾」。

二月十四日　星期一　巧克力

Windy送了巧克力給我，我也送了給牠，因為我們是一起做的，所以互相送很正常。

今日的風很柔和，雖然每天都很柔和，但今天特別柔和（每次情人節都是這樣的）。

Windy灰色的臉頰很紅，和綠色的眼睛一起，很像聖誕花。

我還記得，巧克力很好吃。

然後，Windy 從側面舔了我的嘴角一下，說這叫親吻。

我說這不叫親吻，我正面親了牠一下，說這才叫親吻。

之後 Windy 睡倒了，剩下我一個人坐在屋頂看流星雨。

我忽然覺得我成熟了。

三月三日　星期四　真意和幻想

真意世界裡有沒有幻想？

幻想世界中有沒有真意？

我問 Windy 甚麼為「真意」。

以愛為例，牠回：「我與你分享、共處的一點一滴，便是我們一同走過的『真意』，是兩份切意的、帶著眷戀的愛意。」

我又問 Windy 甚麼為「幻想」。

再以愛為例，牠回：「我與你一同期望將來一起做到的事，全部始於『幻想』，是一人空想中一絲帶著希望的愛戀。」

然後，我問牠：「那麼『愛』是甚麼？」

牠對著我笑得溫柔。

「其他人的『愛』是甚麼，就連我的風也絲毫感受不到。」

「但對於我們來說，從獨自一人的幻想變成兩個人一起分享，便是我與你之間的愛。」

4

放學鈴聲響起，教室裡頓時雜音四起。學生嘻哈打鬧，雀躍狂歡。唯黎晨熹一人坐在靠窗的座位上，任由三月溫和的陽光灑滿全身，埋頭在白色的日記上翻翻看看，眉頭緊鎖。

放學時間是四時十分，而四時十二分是個特別的時間，所以他每天都會在教室裡靜待日記的刷新。

黎晨熹揭到第四章第十二頁，日記的內容消失不見，書中空白一片。他忽然覺得日記就像他的調查，一片茫然。然後，他自嘲般笑了出來。

他的調查進行了約五個月之久，甚麼謎團都沒有破解到。

有時深夜躺在床上，聽著窗外風聲霍霍作聲，他會獨自安慰自己：因為我不是天才，不是偵探，而且碰上的還是科幻事件，所以破解不到也無可奈何。

然後，想著想著，用無數的謊言和藉口來安撫無法尋回姐姐的焦躁期間，他會莫名地哽咽，望著黑漆漆的房間默默流淚。

他的腦子多多少少都瘋了。

鄭 sir 也早就瘋了。早在約一年半前，鄭 sir 便開始對著日記刻苦鑽研，結果除了日記主人一些雞毛蒜皮且天馬行空的事情，甚麼線索都沒能洞察到。直至日記到達他手上後，才慢慢浮現出來線索。

因為他姐姐的一意孤行，所有關心她、能記起她的人都瘋了。

他忽然氣急敗壞地狠砸桌子一拳，無視了旁人的竊竊私語和猜疑的目光。

為甚麼他會覺得姐姐是獨自策謀此事呢？因為他用至今透過日記得到的切實線索，斷定了以下的情況：

- 日記的主人八九不離十是姐姐（生日相符）
- 姐姐消失前承受著龐大的壓力
- 如果姐姐死了：姐姐被怪物殺了，有人冒充她用不知名的方法書寫日記（沒有可能）
- 如果姐姐還在生：姐姐被灰色的怪物拐走了
- 灰色怪物大概就是 Windy。牠害怕孤獨，所以拐走姐姐，但是，姐姐和 Windy 相識，而且是情侶
- 不知 Windy 是甚麼，大概是一種魔幻生物
- 可能有另一個世界存在，而且兩個世界時間對不上（早晚時間不一致）
- 只有他和鄭 sir 兩個人能記起姐姐，其他人就算碰到書本也沒有反應，推測可能恢復記憶要集齊二個或以上的條件

由此可見，他的姐姐受壓力所困，同時那個可惡的Windy乘虛而入，迷惑、引誘她，結果她鬼迷心竅，從此以後不知所終，可能逃往一個幻想世界，可能還在這個現實世界……

……可能一切都只是他想像出來安慰自己的。

「嘻嘻。」他在陽光透射下詭異地笑了出聲。

無論他榨乾了多少次腦漿，重重複複思考了多少次，他也猜不透事情的來龍去脈。

就像無論他怎樣理解，也理解不到姐姐異想天開的奇怪想法，他的姐姐活像是另一個世界的人一樣。

接著，他又笑了。

他聽到有人低聲私語：「黎晨熹是不是讀書讀瘋了啊？」但他笑而不語。

然後喉嚨傳出瘋狗般的嘶吼，拳頭錘向桌子，聽著桌子的金屬抽屜的震動聲響徹教室，他稍微安定下來，那些縈繞耳邊的談論驟然而止，讓他更加覺得心平氣和。

教室牆上的鐘，時針「咔嗒」一聲到達十二分，日記上浮現出手寫文字。

三月四日　星期五　今天就結束了吧

今天是我與 Windy 相遇的紀念日。

事實上，我完全忘記了我們是何時相遇的，只記得是在三月，一
個春天的日子。

知道嗎？今天是個雙重的特殊日子——這個我就記得很清楚了，
我一直都很期待，也很抗拒今天的來臨。

就好像我還剩下很多很多時間去溫習，也剩下很少很少時間去溫
習。

我記得，之前的我在想做自己想做的事時，我便會想到自己是否
應該用這些珍貴的時間去溫習，然後我便會對一切失去興趣，就
連活著也不想活著了。

現在回頭一看，之前的我真的像個白痴一樣。

今天是我的 last day，今天也是我和 Windy 多年前的 beginning-of-day.

剛剛看書學習了一個詞——百感交集——想必這就是我的心情吧。

黎晨熹飛快掃過一遍，然後逐字細看，再獨自一人朗讀一遍，才拿出手機光明正大地拍照，邊拍邊梳理思緒。

今天是星期五，的確是中六師兄姐的 last day，與中六師兄姐關係密切的學生都留校拍照留念，證據就是放學鈴聲響起後兩分鐘，還有一堆學生留在教室內，沒有打算離開，當中還有一些中六師兄姐來到他們以前的教室感嘆一番，場景熱鬧又傷感。

所以，只要配合日記內蘊藏的情緒，日記主人是黎暮影無疑。

還有一條線索，三月四日是姐姐與 Windy 相遇的日子。

然後，今天的日記還有另外一頁。

還有另外一頁？

黎晨熹猛然站起來，椅子在地板上拉出一道刺耳聲。

這是從來沒有發生過的，通常日記只在寥寥數行便結束了，就像日記主人沒有能力去書寫更多的句子，如同小孩子一樣。

黎晨熹發現有另一頁時，還未揭開，他便驚訝得手一滑，手機掉落到地上崩了一角。

他瞪大眼睛，不顧手機這些無關緊要的事，右手顫抖著，飛快地揭開了下一頁，猶如他的調查終於揭開了下一章。

三月四日　星期五　被拋棄的神社

YO！今天是個 special day 啊 YO！所以我又再記下一篇日記了 YO！

雖然到你那裡，應該就是第二天了吧。

我向來都是一個隨性的人啊——可能這樣說你也不明白（因為你

的中文超屌的）也是現在的我不是之前日記中的我。現在果然要
安帥般點點頭：「對的對的。」

三月四日看來是命運改變的日子。

我想今天便結束一切。

趁著現在有感而發（這個詞語不是這樣用的），在此給你一個提
示吧。

我和Windy相遇的地方是一所被拋棄的神社。

那是傳說和幻想存在的地方。

一位同學走過黎晨熹身邊，看到他的手機掉到地上，好心替他拾起。看到黎晨熹異常的樣子，同學顫顫巍巍地把手機放在桌面，沒有留意到按到屏幕，飛快地跑開了。

手機安靜地躺在桌上，唯有手機手電筒亮起了燈。

燈光幽幽地射在黎晨熹的臉上，顯得他的臉孔異常蒼白。

黎晨熹目光一直盯著「被拋棄的神社」，沒有一刻離開過。

他覺得他的胸口快要爆炸了。

5

黎晨熹飛快地趕回家，途中給父親打了個電話。

「被拋棄的神社？啊——我知道這個喔。」他的父親這樣說了，把他本來希望渺茫的調查重新點上了明亮的燭光。

「那座神社位於後山深處，周圍被高大的樹木包圍，只有一條雜草叢生的小徑能通往神社的入口。啊，就是我們家附近的那條小徑。」

到家後，他立即把那本潔白的書扔進背包，拿了手電筒和手機便奪門而出，就連留下留言給父母一事也拋諸腦後，一心只想著必須要找到他的姐姐，好不容易抓住了線索便絕對不能放手。

「現在神社已經殘破不堪了。」

雙腳奔馳在山間的小徑上，腳步聲被泥濘滿滿的地面吸入到土壤深處。

疾風直馳臉上，春風竟然寒涼刺骨。正午的皓陽一改烈日炎炎的模樣，殘陽徐徐降落至山崗背後，暮色染影，影疊籠罩，他奔跑的身影穿梭在山間，騷動到烏鴉撲翅騰飛。

「為甚麼會這樣？事實上，因為地約問題，工程在建造期間就已經被暫停，神社在約百年前被建造它的人類拋棄了，所以才被村民戲稱『被拋棄的神社』。」

如同鼓棒霍霍敲在大鼓上，他的心臟怦怦嘣嘣地跳過不停，胸口的灼熱令他喘不過氣。溫熱的身體裡血液沸騰，暖流順著血管到處亂躥，整個身體痕癢不堪。

但他根本顧不上這些無謂的刺癢，雙腳就像是飛毛腿一樣飛快地跑動。

「故事用來哄小孩還很方便啦，『如果再調皮搗蛋就把你扔到神社裡去！』之類的，不過平時沒人會去那裡，因為有毒蛇和大黃蜂棲息在那附近。」

「傳說，還有一隻不知名的猛獸喔。」

在夕陽沉到山後的陰影那刻，薄薄橘黃與黑幕互相交織，碰撞出一道淡淡的白光，月亮藏匿在遠方的白光中。

黎晨熹猛然停住腳步。

「不是暫停了工程嗎？所以整間神社沒有半點金碧輝煌，沒有半點光彩，就連門前本應成對的石獅子也只造了一隻。」

神社在暮影下映出星光點點，光芒萬丈，光輝燦爛得不可逼視。

有一個風鈴掛在神社的橫樑上，倒映出絢麗的光芒，玻璃晶瑩剔透。

「但是啊，有傳聞說那隻石獅子常常消失不見，近兩年來就再也沒有看過牠的蹤跡，就好像被人偷走了一樣。」

黎晨熹喘著氣，一股勁風從他背後霍然襲來，呼嘯怒號，他頓時被擊得踉蹌撲前。

風鈴在這時「叮——」的響起，脆耳的聲音迴盪在林間。

「甚麼被偷走啊……」黎晨熹穩住腳步，雙肩瑟抖，渾渾沌沌地走向神社。

經過鳥居前空無一物的石台，他頓時目眥盡裂，七竅生煙，「明明就是你這混帳偷走了我的姐姐啊！」

他驀地衝向神社，踏入鳥居——

映入眼簾的，是一片明耀的藍天和漫天飛散的花瓣。

濃烈的花香湧入鼻腔，清涼的風吹得花兒左右擺晃。

於色彩繽紛的花田中，有一個細小的身影蠕蠕作動。

那個身影回頭望他，他頓時覺得沸騰的血液凝固了。

五歲的黎暮影坐在蔚藍的天空下，出現在他的面前。

安伏在她身邊的灰色怪物乍然面露兇光，亮起綠眸。

我們逝去的記憶（三）

被拋棄的神社門前，石獅子平台附近。

明明是三月的春天，卻烈日當空。

很熱，很熱，雖然牠沒有汗線，但石頭造的身體表面曬成熔岩，熱得沸騰成漿。

而且，耳邊的噪音吵得牠火冒三丈，牠真想立即颳起一場颱風，用狂風驟雨進行襲擊。

「我叫你滾開啦！壞蛋！」

「我不也叫你們不要再塗鴉了嗎！為甚麼你們非要把石獅子弄得骯髒不堪啊！」

「多管閒事！我們要怎麼做是我們的自由！」

「在公眾地方胡亂塗鴉是不行的！更何況你竟然在石獅子身上撒尿！這樣是不對的！」

「哦？難道你要阻止我嗎？就憑你這矮冬瓜？」

啊——真的是吵死人了。

無論是塗鴉也好，撒尿也好，牠雖然沒有允許，但也就任由那些小鬼做了，牠還未不成熟到會計較這些東西，更何況在牠眼中這只不過是螻蟻的叮咬而已。

小鬼就應該年少輕狂，而不是裝作成熟善良地分辨對錯，不然的話就會被別人排斥，就像那個小女孩一樣。

「我知道的哦，你每天都會偷偷來到這座『被拋棄的神社』裡為這隻石獅子清潔對吧？真的是個白痴啊！」

「這是應該的！人就應該要幫助別人！就連石像也不例外——」

「你還是先管好自己吧！傻瓜！就是因為你這討人厭的性格，你才連一個朋友也沒有啊！」

吵死人了，閉嘴吧。

人就應該要幫助別人。這句句子真是個不折不扣的謊言。往往會幫助別人的人永遠都是「偽善者」，人類是連靈魂都被自私染黑的生物。

不過，說不定有人類是例外，就比如說，佇立於牠面前的這位嬌小的女英雄。

小女孩每天都會過來這座神社，好像是因為她的家與這裡很近，她每次都會提著一桶清水，一條毛巾，背著一個小書包，搖搖晃晃地走上山，走近牠。

然後，她會輕柔地替牠抹去身上用原子筆、粉筆畫下的塗鴉。當然也會有馬克筆的筆跡，不過這些就不是小女孩能抹擦掉的了。為了令小女孩不失望，牠往往都會控制風拼出一把風刃，在小女孩清潔的時候，悄悄削掉那個位置。

漸漸地，牠身體上的坑坑洞洞愈來愈多，殘破不堪。雖然小女孩會疑惑，但只需要用風命令蝴蝶飛到她的指尖上，就能分散五歲小孩的注意力，易如反掌。

不知為何，莫名其妙，牠對小女孩有種奇妙的感覺，牠甚至不敢用風去撫摸她，否則，牠便能推開小女孩，然後威嚇她，迫她回家。

「這個傢伙，這種性格，長大後不會連男朋友都沒有吧？」

「哈！有可能啊！誰會想要這種多管閒事的白痴？」

「說不定，她會一直孤獨終老呢？」

「然後，沒有結婚，沒有老公，就連孩子都不會有了！」

「哇！哇！那不就是說——」

「這個女生連媽媽都做不成了嗎？」

孩子們猙獰的笑聲，恍如惡魔在揶揄，奚落他人的言語就像流水自然流出嘴巴，羞辱他人的嘴臉就像他們與生俱來的臉孔。

「她被幸福所拋棄了啊！」

這便是「人性」，所以才會對別人袖手旁觀，因為袖手旁觀就是最嚴重的公開侮辱，而人類最喜歡侮辱他人，與他人唇槍舌戰。

人類果然是冷酷無情的。

和神社裡的神明一樣，是冷血動物。

牠也是如此。

人類自私至極，由人類製造出來的石獅子自然也是一樣的，畢竟就連心臟都只是人手雕砌出來的石頭啊。

無論是由神明創造出來的生物，還是由人類創造出來的死物，全部都是被世間所拋棄之物，沒有感情，沒有溫度，行屍走肉的軀殼中，只有一顆漠視他人的心存在。

如果牠是人類，牠一定是那種漠視求助，獨斷獨行的路人。

因為，牠沒有感情，牠只是一尊石像。

對於人類，牠沒有任何感覺；對於神明，牠沒有任何尊重；對於自己，牠……牠想證明一樣東西——自己是特別的，牠是有靈魂的。

就算自己是一尊連心臟都是石頭的石像，在自己在意的人被欺負時，也是有靈魂的，也是有怒火的。

牠，一直都很憤怒，心情彷如狂風怒哮，從無翻騰而起，呼嘯而過。

這些小鬼實在是太吵了。

牠控制風颸至自身周圍，吹過那些惡魔的頭角，帶過小女孩實在忍不住而落下的淚水，包圍自己，形成風陣，銀光熠熠，吼聲狂啼。

當牠驅散風陣，終於感到氣溫下降的同時，小鬼們已經嚇得尿了一地，哭著跑開。

只有小女孩留了下來，靜靜地盯著牠，眼神像是有靈魂般，好奇地光輝閃閃。

小女孩天真無邪地問牠是個甚麼東西。

牠長達幾十年從未活動過的嘴巴，石頭咔咯咔咯地動了。

「我是一隻石獅子，名字叫 Windy。」

第四章

世界是絕倫的美麗

「姐姐！」黎晨熹失聲大喊。

終於給他找到姐姐了，但是，為甚麼……

為甚麼是五歲？

黎暮影五歲的時候，他才剛剛出生。至於如何辨別出黎暮影，原因在於家中曾經貼滿她小時候的照片在牆上，看得多自然有印象。

不，等一下，如果這個不是黎暮影呢？

說起來，他是如何進入這個空間的呢？

正當他愣在原地沉思之際，他周圍空氣被驟然抽走，化成猛烈的風流吹過臉龐後便再也感受不到空氣的存在。雖然周圍感覺很怪，但驀然消失的氧氣令他當刻便頭暈眼花，窒息的感覺從體內蜂擁而來，湧上大腦。

他不能呼吸，漲紅了臉孔，每當他嘗試吸入一口氣，空氣卻不復存在，他痛苦得流下眼淚。

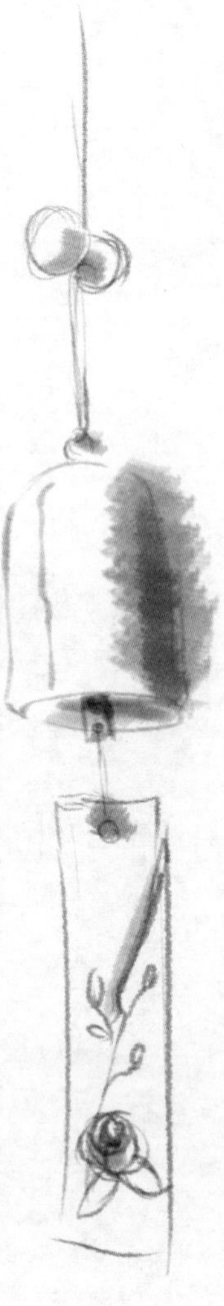

他甚至連話都不能說出口，就像聲帶被磨滅了一樣。

身體忽然被無形的力量抽起，他被帶上高空，手腳被看不見的繩索束縛在一起，由於他的辨認力隨著空氣的流走而下降，他花了一會兒才發現手腳有一股緊繃的氣流，禁錮著他的身體。

然後，他又再花了幾秒才發現，這些奇怪的氣體流動似乎是從那隻灰色怪物——看上去是個石獅子——Windy的四周吹起的。

混蛋！

他想大罵一頓，但是，張開口的瞬間，一大股空氣便衝進了他的體內，像是想殺死他一樣，他感覺到血管和骨骼彷彿膨脹，整個身體全是空氣，每一處都像化成虛無，卻又確確實實存在於世上而有感覺，這陣痛苦比窒息的感覺更令人恐懼。

他忽然想到，他寧願不要空氣也不要這樣。

然後，他瞥見了五歲的黎暮影露出嬉笑般的表情。

空氣再被抽走，他再次被囚禁在沒有空氣的高空，難受得讓人窒息。

不過，不同的是，他竟然能聽到其他人的說話聲。

是一把充滿磁性而低沉的聲音。

Windy 咬牙切齒地嘶吼出野獸般的怒號：「回去。」

單單兩隻字，便點燃了黎晨熹的怒火。

畜生一般的石像別一副高高在上的樣子命令他。

是牠這傢伙誘惑他的姐姐，拐走了他的姐姐。

要回去也是應該牠回去！

「這裡不是人類應該來的地方！」

一隻由風形成的手掐住他的脖子，眼淚流滿臉，眼珠像是要掉下來般突了出來。

「不要沾污秘境，不要沾污暮影的世界！」

「給我回去！否則世界將會大亂！」

他只聽到一聲巨響，他便像坐過山車一樣被人左右擺晃，回過神來，他便被拋到地上。

暈厥的感覺襲來，他跪趴在地上，狂喘著氣，邊喘邊吐。

他就像死過了一回，恐懼捲臨全身，憤怒油然而生。

誰能想到找到黎暮影後會是這般對待？

在他的幻想中，他覺得找到姐姐後，姐姐會欣喜若狂地歡迎他，說一句：「你終於找到我了！」，然後把 Windy 這隻畜生大魔王拋棄，跟他回去。因為，那本日記、那些記憶不就是因為這個原因才引導他來這裡嗎？

在他的幻想中，本來，他的姐姐會成為一名作家——她絕對有資格在文字中競爭出自己的一片天，有能力去為社會提筆、為讀者簽字。而他在找到她後，必定會叫她為自己免費簽名，把她的作品一頁一頁鑲嵌在牆上，呆望幾個小時。

在他的幻想中，哪怕發現姐姐身處在天堂，他也會跨過十八層地獄的折磨，放出火焰把沿途的荊棘燒毀，拯救姐姐這顆滄海遺珠，逃過 Windy 的阻撓，把姐姐帶回人間、帶回現實。

但是，幻想是不真實的，因為是幻想啊。

他瘋狂咳嗽，然後睜開眼睛——

這一刻，他確定了，這個黎暮影真的是他的姐姐。

——五歲的姐姐站在十四歲的他面前，微笑著。

Windy 被無形的力量按在地上，周圍黑光閃耀，目眥盡裂地瞪著他。「從你踏進來的那刻開始，你已經選擇了自己想走的路！你回不去的！根本回不去！你已經——」Windy 不知向誰大吼道。

黎晨熹卻沒有接收到 Windy 半點聲音，他的目光只放在黎暮影身上，眼眶不禁泛紅，淚眼汪汪。

不論是哪種幻想，他其實都只有一個願望。

他真的很想找到他的姐姐，不論是五歲的、七歲的、十五歲的、七十歲的；不論是活在他人期待中的，還是活在當下享受人生的；不論是有心地消失的，還是被綁架的，都是他的姐姐，都只是黎暮影。

然後，找到後，他除了想揍她一頓外，更想要這樣告訴她。

「姐姐……」他哭著張開雙手，慢慢擁抱了他的姐姐。

「回來吧，世界是絕倫的美麗！」

這是一句能療癒人心的句子，是曾經，當他付出的努力和得到的回報不成正比時，他的姐姐親口告訴他的。

他緊抱著他的姐姐，飛快地撞向進來時的地方。

黎晨熹最後聽到的，是Windy世界崩塌般的吶喊淹沒在狂風怒號中。

沒有人看到，在二人踏出秘境時，黎暮影隨手一揮，憑空變出了一個風鈴，將其藏在虛無中。

掛在神社外面橫樑上的風鈴，消失不見。

一條無形的線，那條束縛著她放棄現實、拉扯着她迫向幻想的線，從秘境深處伸出，無聲無息地圈住了她纖細的手腕。

那被扯得僵直的模樣，彷彿暗示着黎暮影永世不能逃離秘境、逃離幻想。

第四章

世界是絕倫的美麗

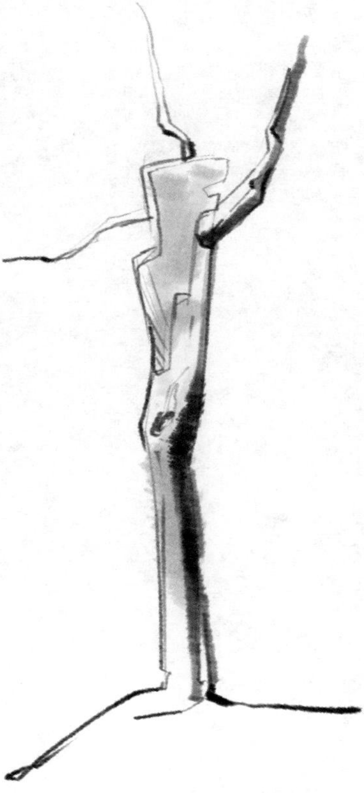

我們逝去的記憶（四）

海洋翻起浪花，太陽灑在海面上波光粼粼。

一道身影飛過維港，影子倒映在海面上。

「哇——Windy 你好厲害啊！」黎暮影坐在 Windy 身上，海風氣勢磅礴地迎上她，吹得她頭髮飛揚。

她一邊抱緊 Windy 的脖子，一邊好奇地張望四周。

Windy 奔馳在海面，揚起一列水花，水花四濺到黎暮影身上，她張開口在空中吞下水花，哈哈大笑道：「真的是鹹的！」

「暮影別喝！很髒的！」

「沒事的啦！」

Windy 無奈搖頭，四腳用力往下一踩，從海面躍起，捲起海浪一柱擎天，黎暮影歡快的笑聲淹沒在海浪一傾瀉下的聲音。

兩人藉風飛翔在空中，飛過一段距離，最終降落在一座維港岸邊的大樓上。

Windy 的腳一踏地，黎暮影便跳了下來，Windy 急忙操控風幫她在空中穩定好身子。落到地上，她便飛快地衝向欄杆，伸長脖子，維港優美的景色烙印在她的眼瞳中。

「好漂亮！」她驚嘆道，目光不移。

Windy從容不迫地走到黎暮影身後，龐大的身軀遮蔽了陽光。

黎暮影在牠的陰影下與奮雀躍地遠眺大海，牠同樣望了過去。

但其實，牠甚麼也看不見。

牠兩隻眼睛都失明了，不，應該說是牠沒有被「點睛」。

被拋棄的神社，被拋棄的石獅子，本應是一對的石獅子不僅只有牠獨自來到世上，當初的那名雕刻師還未來得及替牠的一雙石眼「點上眼珠」，牠便被拋棄了。

幸好牠有風。風能吹過世界每一處，牠能藉風的力量去認識世界。

因此，牠知道了，牠在世上沒有同類，雖然有各種不同的神明，但沒有與牠一樣有靈魂的石獅子。

所以，牠經常會想，是不是因為牠沒有被「點睛」才有了靈魂？所謂的「畫龍點睛」，其實是封印靈魂？所謂的「完美無缺」，其實是失去自我？

「被拋棄的石獅子」不知是否該寫作為「倖存的石獅子」呢？

「Windy！看啊！」

但是啊，牠連暮影的樣子都從未看見過啊。

「Windy！那是海鷗嗎？」

牠沒有真正看過世界，世界對失明的人來說，就只知道自己活在這裡，甚麼也看不見。

「Windy！好大一艘船啊！」

是不是應該告訴她呢？

「Windy！」

「Windy……」

「Windy？」

Windy退後一步。

「對不起啊，暮影。」牠垂下頭。

「我其實甚麼都看不見啊。」

黎暮影沉默了一會兒。

閉聲，目光從大海慢慢移到Windy身上，興奮像海潮退去了，一股嚴肅的海浪衝上她的臉容。

然後，她瞬間便笑了。

「從一開始我就已經知道了喔。」她托起Windy的頭，與牠額頭相碰。

「因為眼睛是靈魂的視窗嘛，雖然你有眼睛，我從你的眼睛卻看不到你的靈魂。」她從口袋裡掏出兩顆綠色的玩具寶石。

「我一直都在等你告訴我——」

「好讓我送給你一雙眼睛。」她銀鈴般的笑聲響在Windy耳邊，Windy感覺到空缺的眼睛處被安上了一樣東西。

然後，牠人生中頭一次，睜開了眼睛。

牠仰起頭，視野中失去了暮影的身影，只有綠色的透明寶石在陽光下折射出亮麗的光芒，牠透過綠瞳瞧見了世界。

美麗的天空、灼亮的天空、蔚藍的天空，與那碧藍色的海洋融進了視野。雪白的雲朵染上了一絲湛藍色，灰色的影子使那幻想世界般的蒼穹成為一幅立體畫。清澈如蒼海，靜謐如水面，廣闊如草原，飄雲如白馬，碧藍如黛，遼闊無際，是一片吸睛動人的天藍色。

維港灣，周圍的大廈在陽光下閃爍銀光，湛藍的海浪被染上亮銀，海洋成了一片無邊無際的銀海。牠感覺同一片海洋可以看個數千萬次，看那清澈的海水映著太陽的亮光，看牠的風兒呼呼地追著輪船叫，看這維多利亞港成了海中的堡壘，獨一無二。

亮黃色的太陽在水平線上空散發著熱度，牠第一次清晰感受到世界的溫度。新裝上的眼睛視力銳利，牠甚至能看見蒼穹中的海鷗展翅高飛。海水拍打在石頭上白色水花四濺，唰唰海浪與嘎嘎鳥叫響在耳旁。牠聽到暮影說這必定是大自然的合奏，聲音它們在互相打招呼。

看世界看得入神的Windy，忽然想起了暮影的存在。

黎暮影純黑的長髮浸沒在溫煦的陽光中，柔滑的黑髮映出淡黃的陽光，白皙的皮膚在光下滲著淺紅，睫毛下的黑瞳滲透出迷人的魔力。

長髮美人正微笑著看牠，牠的嘴角高興得上揚到眼眉旁，眼睛笑成狹彎，綠瞳中流露寵溺與無數的感謝。

牠相信了，眼睛是靈魂的視窗。

牠的靈魂，剛才直接與世界的美麗相互碰撞，碰出了綠色的火光。

「Windy！你的眼睛是由我點上的，眼睛即靈魂，所以你的靈魂由我安上了。」

「我們一直都要在一起喔！」

「將來當我要結婚的時候，你一定要來當我的新郎喔！」

牠的靈魂，剛才直接與牠的黎暮影相互碰撞，碰出了愛情的火光。

那一年，黎暮影五歲。

Windy 石頭造的心臟，頭一次因為愛情跳得這麼的快。

海洋翻起浪花，太陽灑在海面上波光粼粼。

一道身影飛過維港，影子倒映在海面上。

黎暮影坐在 Windy 身上，海風氣勢磅礡地迎上她，吹得她頭髮飛揚。

她一邊輕輕抱著 Windy 的脖子，身體搖搖欲墜，彷彿隨時要掉下海。

Windy 奔馳在海面，揚起一列水花，水花四濺到黎暮影臉上，就像她抱頭痛哭了一場。

「……暮影，海水是鹹的喔，要不要嚐一下？」

「……很髒的，Windy 你千萬不要喝。」

Windy 沉默，四腳用力往下一踩，從海面躍起，捲起海浪一柱擎天，海浪一傾瀉下的聲音響在二人間的沉默中。

兩人藉風飛翔在空中，飛過一段距離，最終降落在一座維港岸邊同一座大樓上。

黎暮影落地，慢慢走向海的方向，把上身靠在欄桿上，默不作聲。

Windy慌忙走到黎暮影身後，龐大的身軀遮蔽了陽光。

牠亮綠色的眼睛垂下，望著暮影，同樣默不作聲，無視了維港壯麗的景色。

但其實，牠知道的，現在的暮影，甚麼也看不見。

最近，暮影的精神狀態不穩定，一直都沉默寡言。

牠知道的，暮影是一隻飄在驕傲和自卑中的亡靈，失去自信的她往往會為自己曾經的成就感到自豪。但是，暮影不再與牠談論她的文創有多華麗了。

牠知道的，暮影不能容忍自己的懶惰，但是，她連何時開始變得惰慢也不清楚，甚至她根本留意不到自己的改變，她自我感覺良好。「如果是勤奮的我是怎樣的？我渴望著有人能把我過去的模樣告訴現在的我。」牠彷彿聽到暮影在發出無聲的求助。

牠知道的，暮影曾說過：「我一直以為都沒有真正為自己想做的事而活。」當她在空閒時做自己想做的事，她便會想到自己是否應該用這些珍貴的時間去溫習，然後她便會對現實的一切失去興趣，只想永遠停留在沒人打擾的幻想世界中。

牠知道的，眼睛是靈魂的視窗，我們能透過眼睛來了解別人。所以，當暮影的眼睛再也無法閃爍出火光，彷彿只剩下苟延殘存的燭光時，牠便知道了——黎暮影的靈魂漸漸失去蹤影，活在他人期待中的她，腦海中只迴響著努力往未來前進的號聲。

牠知道的，牠的暮影一直都渴望著「逃」開一切，從現實中逃走，然後遁入另一個全新的世界中。可是，牠那心地善良的暮影不忍心「拋棄」世間的一切，人與人之間的關愛留下了她，人與人之間的感情截停了她偏向「自我」的腳步，明明她也是被世界拋棄之人，卻永遠為世界著想。

黎暮影望著波光粼粼的大海沉默了一會兒。

「知道嗎？Windy。」

Windy 的綠眼盯著身下的暮影。

「『世界可能是絕倫的美麗的。』當我意識到這點時，我便釋懷了。」

「所有的抑鬱、悔恨、恐懼、失落、痛苦、悲傷、焦慮……還有被他人期待著的壓力，全都在看見世界美麗的景色後消失殆盡，就像 Windy 的風把我心中壓抑著的怒火吹散了一樣，我豁然開朗，放下對個人得失的執著，不再介懷世間無窮無盡的煩惱。」

「但這終究是『假釋懷』，明天這些抑鬱、悔恨、恐懼、失落、痛苦、悲傷、焦慮，還有被他人期待著的壓力，全都會捲土重來。」

「我真的好想忘記一切，回到五歲時的天真純粹，生活浸在幻想中。」

「暮影……」

是不是應該把那個「計劃」告訴她呢？

那個打破禁忌的「計劃」——他們二人一起化為幻想的「計劃」。

牠知道的，今天的痛苦是明日的輕鬆。

但是，如果明明知道一直像這樣活著也不會換來明日的輕鬆，是不是應該就在今天爽快地結束痛苦呢？

為甚麼，牠石頭造的心臟，會痛得這麼厲害？

「……暮影，我有一個計劃，你要聽嗎？」

．．．

暮影的目光從大海慢慢移到 Windy 身上，憂愁像海潮退去了，一股興奮的海浪衝上她的臉容。

然後，她瞬間便笑了。

那一年，黎暮影十五歲。

Windy 石頭造的心臟，頭一次因為興奮跳得這麼的快。

第四章

世界是絕倫的美麗

第五章

化幻想為現實　世界將會大亂

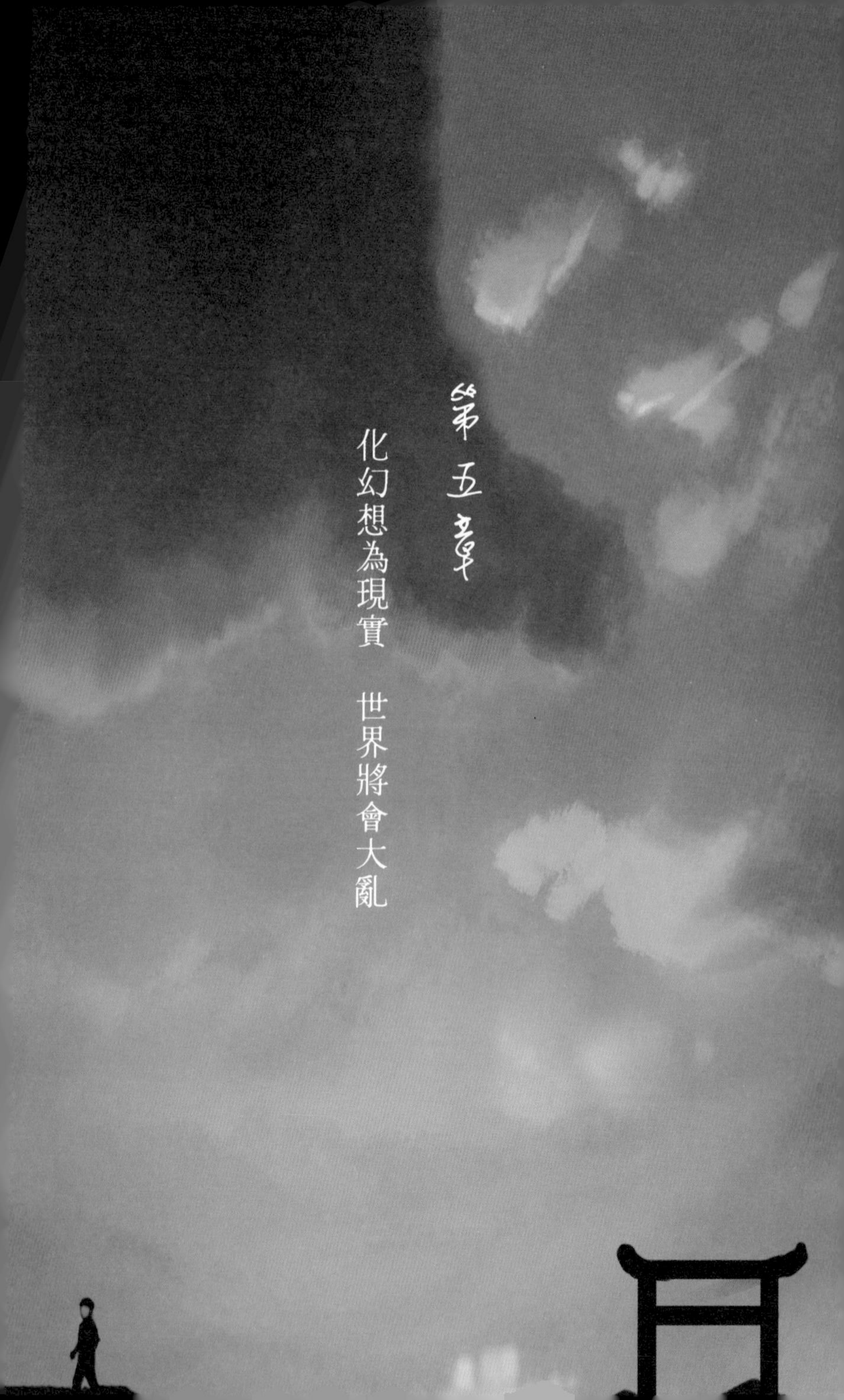

所以，現在該怎麼辦？

黎晨熹抱著五歲的黎暮影，在漆黑的夜路上奔離神社。

不可能帶回家，家中一定會引發一片混亂。

也不可能流浪在街頭，雖然姐姐很乖，但一個穿著校服的學生抱著一個小女孩走在路上，路人一定會報警，而且，就算解釋了也絕對沒有人會相信甚麼記憶被抹除後在甚麼秘境中找回……

所以，現在只有一個方法了。

黎晨熹安撫性的對著暮影笑了一下，拿出手機，撥了個號碼。

電話很快便接通了。

「老師！你家有人嗎？」

「哈？」

「剛才！我找到姐姐了！」

「……哈!?」

「詳細等下再說，我現在把她帶出來了！但不知怎麼的，她變成五歲了！能來你家嗎？我抱著姐姐實在不方便。」

「然後，我懷疑那隻灰色怪物會追過來！你家地址是甚麼？我們盡快過來。」

「你到底在說些甚麼啊！」

…………

「轟！——」鳥居被炸開，一道身影從無而生，飛快地融入春風，迎雲向頂衝。

Windy 降落在山頂的訊號塔上，周圍捲起風雲，狂風轉成旋風。

牠在空中嗅了嗅，沒有黎暮影姐弟的味道。

綠瞳燃起怒火，突然仰首長嘯。

嚎叫震耳欲聾，傳遍整個香港。

風驀然爆炸，風雲被驅散，形成烈風颳向四方。

Windy的眼睛緊盯一處，划破空氣，疾馳飛去。

「這是黎暮影？」鄭sir望著坐在他家沙發上的五歲黎暮影，頭一次覺得認知受創。

「是的、大概、應該……」黎晨熹同樣望著暮影，心中鬆了一口氣的同時又繃緊神經。

「那麼現在該怎麼辦？」鄭sir問他。

他搖頭。

鄭sir忽然低聲獨自呢喃，罵罵咧咧地衝入書房，癲狂地抓頭。

剩下黎晨熹一人站在客廳中央，眼神放在暮影身上不放。

老實說，他還未弄清楚發生了甚麼，就好像大腦進入休眠狀態，思考不到。

暮影安靜地坐著，沒有發出半點聲音。

黎晨熹疲倦地嘆了口氣。

他先是發現今天的日記多了一頁，根據內容，追查到了「被拋棄的神社」，踏過鳥居的同時，進入到另一個空間，然後找到五歲的姐姐，差點被那畜生殺死的，接著不知怎樣的回到這裡。

他忽然想起了壓住 Windy 的黑光。

然後，他的腦袋便開始了思考。

雖說已經找到姐姐，但是根本沒有解開到任何謎團。

首先，那個空間是甚麼？Windy稱其為「秘境」，是暮影的世界，難道真的有另一個世界的存在？似乎暮影他們在消失的兩年間都藏在那裡，也就是說，那片花田，那個秘境，是一個魔幻世界。

然後，既然他已經親眼見證了一尊石像的活動，也就是說魔法之類的東西是存在的——這令他覺得驚奇，猶如看見了另一個世界——那麼，到底怎樣做才能使這一切發生？為甚麼所有人都會忘記暮影的存在？而且，為甚麼只有他和鄭sir記得？

最後，他最想問的一個問題：為甚麼要這樣做？姐姐不幸福嗎？為甚麼要拋棄他們？到底她明不明白被拋棄的人有多麼的傷心？那種絕望甚至會令人癲狂。

他單腳跪在暮影面前，仰頭直視她的眼睛。

她的眼神異常死寂，猶如畫中的人物，沒有靈魂，毫無生機，彷彿在惡魔面前也能處之泰然——如果眼睛是靈魂的視窗，那麼他只能看見暮影的靈魂一片混濁。

但是，那雙眼睛，是黎暮影的眼睛。

「姐姐……」十四歲的青年喊一個五歲的小女孩叫姐姐實在奇怪，但是，除此之外他想不到別的稱呼。

「總而言之，你回來便可以了。其他的事我們再想辦法吧……父母那邊我會盡量解釋的，但需要充分的時間準備說服的材料……幸好別人還未想起，不過我一定會喚醒他們的記憶！」

「這次我們一定永不分離！因為我們是姐弟啊。」他堅定地說。

但是，這份堅定當刻便被打破了。

鄭 sir 從房間衝出來大喊：「不好了！那隻石獅子牠——」

「轟！——」門扉被炸開，一道黑影飛快撞入，風壓驟然降低，綠色在陰影下閃爍光輝。

黎晨熹還未來得及轉頭望向黑影，黑影便衝過來，撲倒他在地上。

他在黑影綠色的眼瞳中看見一隻扭曲的怪物，蟄伏在深夜般漆黑的厲火的熊熊燃燒中。

這種業火難滅的情緒，叫做「憤怒」。

「快！快把她送回去！」Windy 在他耳邊咬牙切齒地怒喝，「否則世界將會大亂！」

同一時間，鄭 sir 終於完整說出一句句子：「——那隻石獅子的照片被人傳了上網，現在牠家傳戶曉了！」

話音剛落，黎晨熹口袋裡的手機響起響亮的鈴聲，他的心漏了一拍，鈴聲吞沒在門框木屑落地的聲音。

黎暮影好奇地看著 Windy，瞳孔裡忽然充滿靈魂。

然後，她猛然被那條線扯了出窗外，以比風更快的速度掠過夜空。

一瞬間，世界的空氣彷彿停止了流動。

Windy 的心臟驚得停止了跳動。

我們逝去的記憶（五）

如果問人甚麼是面對，甚麼是逃避。

我想，大概連 Windy 都回答不到。

有人認為，面對世界，我們只能放棄「為自己而活」的要求，堅持迎合社會的期望，堅持不令世界失望，於現實中往「世界喜歡的自己」走去，這便是所謂的面對。

有人認為，逃避現實，即是不再回應世界的期望，活出自我，走進自己的世界中，往「自己喜歡的自己」步去。

理所當然，Windy 替我選擇了後者。

出乎意料，我亦選擇了後者。

起初，我強迫自己堅持面對世界，選擇不逃避一切的期望。

但一瞬間的壓力、一瞬間的無力，足以壓碎一個人長久積累下來的努力，足以令我忘卻堅持許久的決心。

意志在這一刻，赫然崩潰。

「我要的是世界迎合你，而不是你去迎合世界！」Windy 這樣說了。

讓世界迎合我根本沒有可能，但我也不想再迎合世界了。

在這個真實得令人作嘔的世界裡，我再也找不回讓我流連忘返的樂趣，那麼只好逃避一切、遁入幻想中。

Windy 告訴我計劃的時候，我能聽見惡魔的低語。

惡魔擺著尾巴，抖著頭上的尖角，低沉但富有魅力的聲線，勾起我想解脫的慾望。

「這是你的幻想世界哦。」

所以，當我做出這個決定時，我覺得匪夷所思，但又是意料之中。

「我現在看著一個單詞，也能把這個詞的拼音拆開！」小我五歲的弟弟坐在我對面，手舞足蹈地向媽媽炫耀道。

「好！」媽媽笑不攏嘴，轉頭跟我說：「你也要努力一點啊，和當初的你對比，他已經超越你了。」

我支支吾吾地應了一聲，頭腦完全空白，耳朵裡迴響著剛才媽媽的那句話，心裡像被一塊大石頭堵住了一般，特別的難受，好像連空氣也能把我壓扁，我呼吸變得更重了。

忽然，弟弟歡樂的笑聲打碎了我的思想，我回過神來，繼續嘻嘻哈哈地參與熱鬧的「學術」討論中。

笑容的背後，我悄悄地咀嚼著一顆苦苦的糖果。苦澀的味道在嘴中化開，體驗不到以往香甜味，我低頭看了看手中被我握得破破爛爛的糖紙，上面寫著一句差點讓我哭出來的話——他已經超越你了。

「你知道嗎？上次考試，我進步了十幾名！」

「……你本來就是九十幾名吧，進步到七十幾名有甚麼好驕傲的？」

「閉嘴吧你！正因為在底層才能向上爬啊！你看看黎暮影，每次都是第一名，能進步些甚麼？（抱歉啦，暮影！）」

我握著手機，把想要回覆群組訊息的手指偷偷收了起來。

——我不能再進步了嗎？還是說，我只能退步？

這句讓我痛心裂肺的話在我腦中不停重複，我頓時感到胸口悶悶的，像是清涼的空氣完全到達不到肺中的空間，我完全感受不到半點舒爽的涼意。

看著書桌上還未完成的功課還有散落在各個角落的文具，我用手覆蓋了雙眼，企圖用微絲血管的悶熱來籠罩空洞的眼神。

我不知道為甚麼會變成這樣。

兩個星期前，我們學校漫長的考試周終於結束了。各科的成績都堪稱完美，是屬於班裡上上的成績。

我撫摸著試卷上紅色的亮眼分數，莞爾一笑，內心也被驕傲填滿。可是，就在它充滿整個心臟時，我制止了它的行動。

我知道，驕傲不是好事。

因為，自己不是一個人生一帆風順的天才。

正因如此，我才必須努力——凡人唯一能戰勝神明的方法，人類唯一能握在手中的武器，就是堅持不懈的努力和絕不動搖的決心。

我必須更加努力才能成功，才能把堵塞在道路上的困難砍破。

我放下手機，盯著桌上的題目簿看。

我嘗試集中，但我做不到。思維被雜物佔據了，我根本無法思考，不知何時，我喪失了想成為第一的決心。

走出房間，激烈的光線向我的眼球撞來，瞇了瞇雙眼，我聽到弟弟朗讀課文的聲音。

我為有著一個天才弟弟而感到自豪。

我們玩耍，我們互愛，我們是姐姐和弟弟的關係，我為此感到非常幸福，慶幸我心地善良的好弟弟，沒有像他姐姐一樣被壓力擊倒。

我曾經想過，為甚麼要和一個年紀比自己小的孩子比較？為甚麼要和一個成績比自己差的朋友比較？比較明明毫無意義，只是內心的不甘在作亂而已。

但是，我管不住自己。不甘心就是害怕的化身，我一直恐懼著弟弟的成長，恐懼著他人的成長，恐懼著停留於此步的自己。

到底要怎麼做，我才能成功？我的恐懼令我一直解答不了這個問題。

晚上十時，弟弟雙手捧著一本厚厚的英文小說，窩縮在沙發的一個角落，喉嚨滾動著響亮的聲音，書中的文字從口裡吐了出來，發音在空氣中拉響弦線，形成了一種美妙的旋律，編成了一首扣人心弦的歌曲。

我在洗澡，弟弟可愛的朗讀聲穿過層層水氣，進到我的耳朵的瞬間，化成讓人作嘔的詛咒，刺進我的心臟。

我感受不到熱水的熱度，也感受不到冷風的冰冷，我沉溺在思考中，雙手抹著洗髮劑拼命地抓著腦袋。

我被人超越了。

我不能再進步，只能退步了。

到頭來，我根本不是天才。

我，十分害怕啊。

然後，我把手伸到眼底下——

手上的白色泡沫中布滿了血斑，我把頭皮抓破了。

我站在原地，吐了。

我真的很害怕啊，Windy。

害怕得不想再上學，害怕得想就此放棄，害怕得想沉睡在幻想中。

熱水沖散血斑，卻沖不散臉上源源不絕地湧出來的眼淚。

中學一年級的某個上課天，鄭 sir 派給我們一張空白的卡片。

第五章

化幻想為現實　世界將會大亂

他說這是給我們的「鼓勵卡」，要我們寫下對將來的自己鼓勵的說話。

同學們紛紛寫下各種雄心勃勃的大目標——甚麼英文要進步神速啊，文憑試要拿 5** 啊，將來要成為偉人啊等等。

身處在這樣對於未來充滿憧憬的氛圍中央，只顧觀察窗外秋葉飄落的我，隱隱約約能感受到，在這洋溢著活力的空間中所產生的言語，多多少少都透露出學業上壓力和無法盡情享受青春的一種無力感。

望著又一片黏在枝頭上的秋葉悄然飄落，我有氣無力地在卡片上寫下了一句簡單明瞭的「加油」。

當時，天真無知的我問自己，將來數年後的學業上，真的會有如天塌下的壓力嗎？到頭來，我也沒有往上爬的決心，普普通通渡過已經足夠幸福了。

怎料，在人生中一場中學考試的失利後，我的爭鬥心被徹底點燃。

那句「加油」給予我動力，我開始發憤圖強。

自認不聰明的我用了半年時間從全級七十幾名進步到三十，再由全級三十名跨進了全級頭十五名的殿堂。本以為已經足夠，卻又在無意之中受同輩壓力影響，把已經竭力伸展的雙腳再往前一蹬，拖著沉重的腳步在別人的努力上肆意踏過。

終於，我踏上了第一名的頂峰，從山頂上看見了學海那波光粼粼的景色。

在中三結束後的那一個暑假，我長長地鬆了一口氣，就好像那三年拼命追趕的時光已經完結，竭盡所能去奮鬥了三年的自己終於可以休息了。

事實卻是，高中三年，一切都要從頭再開始。彷彿當初「加油」帶給我的魔力已經耗盡，升上高中後，我除了迷惘就只有迷惘，不知道高中到底要做些甚麼。

所謂的青春，終究就只有學習而已。

初中三年，眨一下眼睛便過去了，要我回想，卻回想不起除學習外我所做的一切。究竟我在三年間都做了甚麼？我不斷歇斯底里地質問自己，結果也沒有給出一個讓人滿意的答案，猶如我已經失去了除學習外的思考能力，整個腦海浮現出的就只有學業上的成績和壓力。

身為一個在老師眼中永遠都是「乖寶寶」的學生，這不是我能隨意決定的，我不能不做功課，不能不參加考試，不能不讀書學習，就連將來想找一份高薪工作，也避免不了高學歷的履歷。

這是我身為學生的責任，是我應有的自覺。

我忽然覺得，放棄追逐幻想的自己很可悲。

「不管世間有甚麼方法能一舉成名，只有腳踏實地的努力才是人類的真正武器；不管世上有多少位目中無人的天才，只有靠努力踏上頂峰的人才最值得尊重。」

「平凡的人類，只能比他人更加努力，努力得更長久、努力得更刻苦、努力得要讓自己成為能讓他人妒忌的人。」

「你只要靠著堅持不懈的努力和絕不動搖的決心，便能超越天才。」

我曾經看過這些話。

可能是報紙上刊登的一句鼓勵的話，可能是社交平台上隨意刷到的一句打氣的話，可能是某個社工活動的一句叮囑的話，可能是老師堂上一句不經意的勉勵的話……

但是，絕對不會是 Windy 說過的話。

因為 Windy 曾經為我打抱不平，說要為我做出所有我不能做的事。

我起初答應了，但是，後來細想後，我阻止了牠。

因為這不是世界的錯，不是世界的責任。

那天，Windy 暴跳如雷。

隔天，天氣反常，一股恐怖的颱風毫無預兆地颳起，天文台突然宣布十號風球，長達兩天，學校緊急停課。

哀愁的風中摻雜悲傷的雨，時而從遠方傳來野獸般的悲鳴，呼嘯過狂怒的疾風。

我留在家中，望著狂風雷暴的景象，心為 Windy 融成一泓清泉的同時，替不能做到卓然獨立的自己感到哀傷。

第六章

她的幻想世界

黎暮影被扯出窗外的時候，所有人都愣在原地。

鄭 sir 握著手機，怔怔地望著她移動；黎晨熹看到她跳下了沙發，感受到她掠過帶來的烈風；Windy 的目光從黎晨熹移開，綠眼中只有漸漸消失在夜幕中的五歲身影。

牠轟然飛奔過去，速度之快撕裂了空氣。

牠翻過露台，瞇起綠眼，狹長的眼睛能依稀看見黎暮影的身影，想也沒有想便像彈簧般衝了出去。

Windy 控制風，於半空列開一排碎石尖矛，一聲怒吼，石矛撕破空間，從多方位蜂擁而上。

怎料一座鳥居以迅雷不及掩耳的速度憑空浮現在空中。

「黎暮影——！」Windy 聲嘶力竭地大吼。

暮影像是早有預料般，朝著牠嫣然一笑。

Windy 被這意味不明的笑容分散了注意力，微微放鬆了對風的控制。

風和石矛來不及趕到，她的身體像微雨落在海水上，淹沒在鳥居的門中，沒有揭起濤湧大浪，只帶起一滴小小的水珠。

鳥居憑空消失，Windy 始終慢了半秒到達其消失的位置。牠如同猛獸般一頭撞向虛無，風猛然颼颼散開，石矛就地破碎。

牠的喉嚨滾出噴怒的咆哮，仰天長嘯。

獸吟聲響起之時，牠餘光瞥見一抹琉璃之光在夜空中閃過，垂直急速向下墜落。

Windy 一個閃身衝向那抹亮光，用風托起它。

牠沉默不語地望著那樣東西。

良久，才猛然轉身，往來的方向飛速掠去。

地面上的人看到牠的身影，尖叫聲、驚呼聲、譁然聲乍然響徹街頭。

Windy 身旁飄著一個與月色相映，搖盪出脆耳鈴聲的風鈴。

黎晨熹在Windy飛出露台的瞬間便翻身站起，同樣衝向露台。

當他往外一探究竟時，只感受到夜風全都向同一個方向吹去，沒有Windy，亦沒有黎暮影的身影。

樓下的人群騷動起來。

電話的鈴聲源源不斷地響起，煩得他心煩意亂，他伸手進褲袋，打算就這樣關機。

「鄭sir啊！你還記得你曾經的學生黎暮影嗎？」

他猛然止住了動作。

「她失蹤不見了啊！幾年了啊！奇怪的是我們剛剛才記起了她！一個學生失蹤多年，我們卻渾然不知，外界會怎樣看待我們學校啊？」校長驚慌無措的聲音響起。

他扭頭望向鄭sir，鄭sir同樣茫然地望他，拿著他自己的手機，打開了擴音。

黎晨熹像是意識到甚麼，拿出電話，接通通話。

「晨熹你在哪裡？你是不是記得你的姐姐？」父母焦急的聲音令他心都快碎了，「快點回來吧！她已經失蹤多年了！」

鄭 sir 麻木地打開電視，電視的新聞報道令他忽然想哭。

「突發消息，多人報稱記憶出現混亂，據了解，他們全部都是同一間學校的教職員、學生、畢業生。他們記起了一個身分不能確認的少女——黎暮影——說是她在兩年前忽然消失不見，關於她的記憶也不復存在。」

「他們都是在看見剛剛瘋臨全城的一段短片才產生記憶的。影片中，一道灰色身影從天空中飛過，恍似一隻體型龐大的石獅子……新消息，據報現時石獅子身處元朗山前邨附近，我們將交給現場直播……」

黎晨熹放下通話中的手機，沒有回覆，按熄了對話。

他終於明白世界大亂是甚麼意思了。

全世界恢復記憶，全城尋找黎暮影。

恢復了記憶的社會混亂不堪，彷彿幻想成了現實，一切都始於他們姐弟二人和一隻石獅子。

一股風突然從後撞上他，灰色的身影再次將他翻身撲下。

「為甚麼要找回她啊？」Windy 臨界絕望的聲線令他恍神。

黎晨熹狠狠咬牙，嘶啞地吼道：「無論要找多久，找多少次，我都會去找她！就算她已經死了也好，我也要找到她的墓！只因為我是她的弟弟！」

「但既然你有日記，知道她過得快樂，便不需要打擾她啊！」Windy 用風把日記帶到他的眼前。

牠的綠瞳中閃爍著憤怒和悲傷的火光，「明明暮影她只想安靜地離開這個傷害她的現實世界！」

黎晨熹怒火中燒地質問道，「不就是你帶給我這本日記的嗎？」他猛然抓住懸空飄浮的

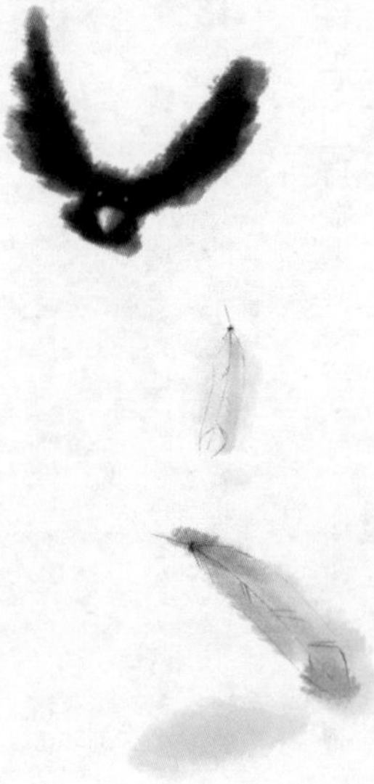

日記，推到牠的面前。

「不就是你們二個人留下線索，給我一個恢復記憶的機會，然後引導我去找她嗎？」黎晨熹大吼道。

Windy 看著伸至眼底的日記微微怔神。

眼眸中的悲怒之情像潮水般散去，像是忽然明白了甚麼。

「是她放的。」

沒頭沒腦的一句話頓時塞著了黎晨熹滔滔不絕的話。

Windy 鬆開對黎晨熹的束縛，控制風托起了兩人，兩人面對面站著。

一個黎晨熹覺得眼熟的風鈴懸浮在 Windy 旁邊，琉璃之光熠熠。

「她想見你。」

黎晨熹收回望向風鈴的目光，皺起眉頭，反問道：「我憑甚麼要相信你？」

Windy目光如炬地望他，「我會告訴你事情的來龍去脈。你不相信我也無妨，但我能帶你去找她。」

黎晨熹身體頓了頓，一肚子的怨言想說卻怎麼也漏不出口。「現在她在哪裡？」最後只得幽幽地小聲問了一句。

「神社中、秘境中，她在一切的起點等著你。」

「你會傷害她嗎？」黎晨熹凝重地望著Windy。

「我只會拯救她。」Windy同樣認真地回應他。

黎晨熹緊盯著眼前這副巨大的灰色身軀，沉默了一會兒。

「放心，沒有生命危險。」Windy以為黎晨熹在擔心安全問題，主動出聲道。「看在黎暮影的面子上，我會護送你到神社。」

聽到這句話，黎晨熹輕笑出聲：「難道你不了解我的姐姐嗎？和身為她的弟弟的我嗎？」

Windy 微微一僵，火氣斗然生起。

「我們姐弟倆，最不畏懼的，就是死亡。」

收回視線，抱著純白的書，轉頭向一直怔神的鄭 sir 說：「你留在這裡。」

然後，他跨步坐上了醞釀着怒氣的龐大身軀，騎上 Windy 的後背，正面與扭頭看他的 Windy 對視，倔強對上氣憤的目光。

兩人在充斥著火藥味的氣氛中懸浮起飛，瞬間翻過窗台的欄杆，乘坐著夜風奔馳而去。

目標，被拋棄的神社。

「喂——你們……」慢了一拍的鄭 sir 兩三步便衝到窗台，抬眼望向冥冥夜晚。

一人一獸已經消失在暗夜裡。

「我是Windy，是你們家附近神社的石獅子，由於是被拋棄的神社的門神，而且只有一隻，我被附近居民戲稱『被拋棄的石獅子』。」

Windy和黎晨熹二人疾馳在風中，Windy解釋著事情的來龍去脈。

「我能控制風。我會以風的形式現身及消失，風的流向受我的心情影響，我生氣時會颳起凌冽的大風，開心時會吹起柔和的風……風是無處不在的，就像我一直陪伴在暮影身旁，如影隨形。」

「暮影五歲時，你們村那些年少氣盛的小鬼經常在我身上胡亂塗鴉，心地善良的暮影則因為每天都會為我清潔而被排擠。我不忍暮影孤單一人，所以在她受欺負時現身於暮影面前，成為了暮影的朋友，形影不離。」

「但是，隨著暮影年紀愈來愈大，思想開始成熟，亦因為承受的壓力愈來愈多，思想開始變得不受控。」

「你能想像我的感受嗎？每天看著她手上的傷痕愈來愈多，我不停在想：為甚麼她不是石獅子？如果她是石獅子，這樣的傷痕怎有可能出現在她的身上？為甚麼我的暮影必須承受這樣的痛苦？」

Windy 咬牙切齒，夜風忽然變得凌冽。

「我曾想過撕碎這個吃人的現實，迫使他人肯定她的努力，認可她創作的能力，我要的是世界迎合我的暮影，而不是我的暮影去迎合世界！」

「但她阻止了我。她說一切都是因為她的無力。正因弱小，她才只能迫使自己合於社會的期望；正因弱小，她才抵擋不住壓力；正因弱小，在他人否定她所走過的一切時，她才沒能反駁。」

「壓力，你們無力抵擋；社會，你們無力反抗；現實，你們無力打破。因此，我提出了這個『計劃』。」

「幻想是她一直以來所選擇的逃離方法，過去是，現在亦是，將來也是。我指引她到秘境中，到她的幻想世界中，與她一同享受逃離現實的快樂和輕鬆。」

「就在『計劃』的前一天，她向你暗示了事情的嚴重性；就在我撲向站在天台上的暮影

那天，她叫我驅動風，驅使白霧運送日記放到圖書館；就在剛才，她向我拋了一個風鈴——」

「——只因她想見你。」

黎晨熹握緊了手中的書。

「為甚麼？」

Windy 瞥了牠一眼。

「我大概知道她到底想做甚麼，但我不知道為何要你去見她。」

「我是在問你為甚麼要這樣做！」黎晨熹低喝道。

Windy 眉頭一皺，不耐煩地回答：「人都是自私的，就連石獅子也不例外，我承認我有私心，讓她成為幻想，令你們忘記她，這樣，她便是我一個人的寶藏……」

「但你破壞了這個完美的計劃！」Windy 愈說愈氣，控制風把一大股空氣堵住了黎晨熹的嘴。

「計劃成功的基石在於把暮影的存在抹殺，將其化為幻想！現在計劃暴露了，因為你把暮影帶了出來，等於化幻想為現實，將暮影以往封存了的身分拉了出來——如果被其他神明知道了怎麼辦？你能保證暮影不會受到傷害嗎？」

「還有！你間接令世間的人記起了她，你有想過暮影的心思嗎？為甚麼她會答應執行這個計劃？因為她一刻都不希望你們為她的離去傷心！因為她一刻都不願意你們為她的離去擔憂！」

「世界大亂不光是單單惹來神明的注意，亦包含全世界憶起黎暮影！」

黎晨熹猛烈地咳嗽，好不容易把空氣嘔了出來，他紅著眼眶喊道：「我甚麼都不知道啊！」

「到頭來我根本不明白她為甚麼這樣做啊！」

「壓力不是可以無視的嗎？壓力不是可以令人進步的嗎？為甚麼要因為壓力而逃避？我一點也不明白啊！」

Windy發瘋般大喊：「你這個天才又怎麼會明白她的感受？」

「壓力只會將人愈壓愈下，就像被死屍拖進了無盡的深淵！」

黎晨熹怒不可遏地吼道：「我從來都不是天才，只是一個努力過的普通人！」

「『拋開過去，活在當下，遠眺未來。』不好嗎？學習不就是要快快樂樂的嗎？」

忽然，一群烏鴉迎面飛來，牠們充滿光澤的羽毛映出月亮的微光，「嘎嘎」地叫個不停。

兩人為了躲避鳥群急劇衝向地面。

黎晨熹感受到風壓的改變，猛然閉上眼睛。

「夠了。我們到了！」Windy失去耐性的聲音響起。

眼睛再次睜開之際，一切變得平穩，二人降落到地上。

只見鳥居炸裂，滿地狼藉。

神社在夜幕下帶出暗昏幽幽，融入黑暗，昏昏黯黲得不見輪廓。

「聽好了！這本書是一條鑰匙！現在因為這本書，你才能進入秘境——這可是我花了大代價才打造成功的，你千萬不能破壞掉！」

「而這個風鈴——」

Windy 用風把風鈴推向他，說話遲疑了半秒。

「——算了。你有甚麼問題就進去裡面問她！她就在裡頭，除了你以外不會讓其他人進去！」

Windy 再次升上半空，颼起旋風包圍整個神社。

旋風上亮起微光，發著光的線條交匯散開，一個法陣陸陸續續被畫成。

牠控制風用鳥居的碎片把鳥居砌回原形

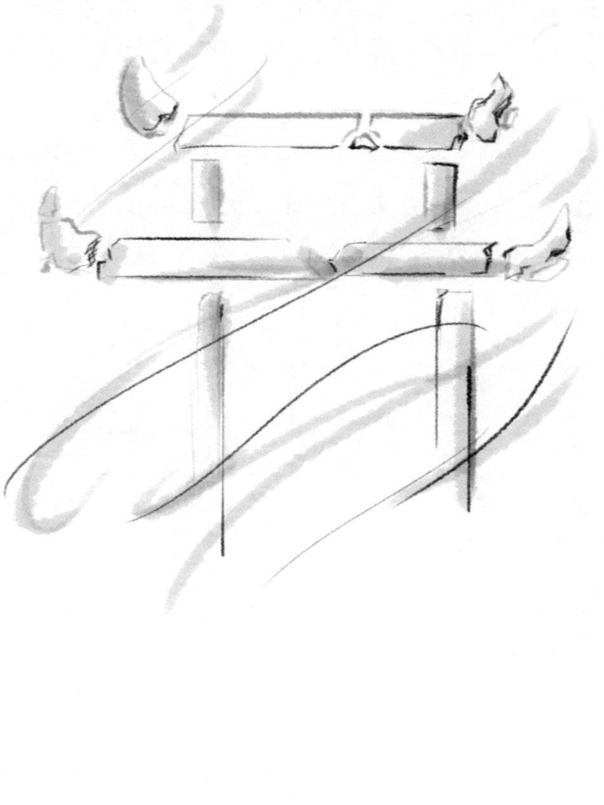

黎晨熹看向神社，握緊拳頭，腦海中閃過千百萬條問題想問他的姐姐。

一切的答案都會在找到她後浮現。

他驀地衝向神社，踏入鳥居——

映入眼簾的，是一片晦暝的夜空和伸出的危崖陡壁。

唧唧的蟲鳴響徹山崖，小小的螢火蟲亮著光在嬉戲。

於明朗盈盈的月光下，有一個纖瘦的身影佇立於此。

他的姐姐背對著他，仰首望天。

天色已暗，暗雲在翻騰。皓月孤懸，月光如洗，皎潔的寒光吞噬了她的身影，輪廓迷離而蒼茫。

長髮在皓白的月華中飄揚，鍍上了一筆白銀，閃耀在灰撲撲的天色下。

那個身影回頭望他，他頓時覺得沸騰的血液凝固了。

十四歲的黎暮影站在暗濁的天空底下，出現在他的面前。

那抹月色籠罩在她的臉上，乍然間形成一抹溫柔的微笑。

「黎明好！黎晨熹！好久不見了呢！」

我們逝去的記憶（六）

二月十四日 星期一 巧克力

Windy最後還是醒了，我們一起仰望星空。

……

……

……

然後，當流星雨完結後，Windy問我：

「暮影，為甚麼你五歲的時候要走過來找我？」

「為甚麼我會找你？」我低頭想了想。「嗯……因為當時的你和我是一樣的啊，你被神明和人類拋棄，我則被同齡的朋友拋棄，我們都是孤單一人，所以就只好一起作伴了——順便一提，長大了的我人緣好多了。」

「那你可真善良呢。」牠跳了過來，調輕身體，伏在我身上，舔我的耳朵。

「我？善良？別開玩笑了Windy。」我嘗試推開牠，但牠絲毫不動。「我可是那種剛好碰見矮小的老婆婆拿不到貨架上的貨物也不會主動幫她取下來獨斷獨行的路人喔。這樣的人才不善良，而是自私。」

「但你來神社了。」牠背對星空，目光深邃地望向我。

「……那是因為我們都很孤獨啊。」我避開牠的目光。

「但是你來了，對我來講，你是善良的。」牠語氣嚴肅地說。

「……是嗎？」我含蓄一笑，說：「可能，善良是孤獨的一種表現吧。」然後，我們對上目光。

Windy 的綠瞳，忽然綠得有點可怕。

「知道我剛才許了甚麼願望嗎？」Windy 一臉壞笑地說。

「我希望我能變成人類，然後你能快點長大到十八歲。」流星雨再一次划過天際，我的目光被 Windy 漂亮的綠瞳吸引住，無暇觀望流星雨。

那雙綠眼漂亮得直擊靈魂。

「我愛你。」Windy 親上了我的唇。

我忽然覺得我成熟了。

第六章 她的幻想世界

第七章

我的幻想世界

黎晨熹沐浴在月光下，呆若木雞地望著黎暮影。

沒有夜風的山間令他覺得陌生，忽然長大了的姐姐令他熱淚盈眶。

但是，黎暮影的一句話，令他覺得自己像個被戲弄的白痴。

面對家人，他的脾氣一向易燃得像氫氣。

「甚麼黎明好啊？你不要泰然自若地和我打招呼啊！難道你期望我回你一句：『黃昏好，好久不見！』嗎？」他氣得漲紅了臉頰。

「哈哈哈！」他的姐姐歡喜地大笑。

「你到底明不明白現在是甚麼狀況啊！」黎晨熹青筋爆起，大喝道。

「你引導我來這裡卻哈哈大笑？」

「我只是想來問你，為甚麼要這樣做而已啊……」聲淚俱下，他再也忍受不住情緒了，甚至不知道自己現在是因為甚麼感情而落淚。

由一開始的記憶復現到長達半年絕望般的調查，由得知日記還有另一頁的驚喜到踏進鳥居處於花田時的混亂，由驚險抱著五歲的姐姐回到現實到 Windy 破門而進命令他「送回」姐姐，由接受事情的來龍去脈時的憤怒、悲哀、無奈、混亂，到現在這種不明所以的重逢，他的情緒複雜得像畫家的調色盤，五花八門的顏色堆疊在一起，最後調成漆黑一團的絕望。

「嘻，別哭，明明哭泣是最無用的東西了。」暮影不見慌亂，像是預料到一樣，緩慢走到他的面前，手往他臉上抹，抹乾他的眼淚。

他哽咽，從濡濕的眼睛中看見了暮影清晰可見的臉孔，近在眼前。

周圍的一切都成了化開的墨水，他看不清那混混沌沌的背景，眼中只有那熟悉又陌生的臉容，彷如時間停止在這一刻。

他猛然止住眼淚，攥緊拳頭，狠狠地揍了下去。

這一拳，包含住他所有不知名的情緒。

黎暮影側著臉頰，踉蹌後退數步，像是預料到甚麼般露出無奈的笑容。

「為甚麼？」他冷聲質問道，冷靜得把已經一汪水的大腦結成冰。

暮影拍拍裙子，身體站直，垂目，晃晃腦袋，回憶著甚麼。

「為甚麼要這樣做啊……這真是一個很長很長的故事呢。」

「大概，你覺得我是因為壓力大才選擇這條路吧。」她嬉皮笑臉地帶過這句話。「但我只是選擇為自己而活而已啊。」

「的確，以前的我一直被很多人期待著，被很多人強迫去迎合世界。」然後，態度開始變得認真。

「被很多人期待著，老師、同學、父母……雖然他們嘴上說要輕鬆學習，但我從他們的眼神中確實看到一個獵人遁伏在裡頭，目標是將會成功的我。」

「雖然啦，Windy說過抱著最大期待的那個人是我自己。的確，我一直都希望我能做到最好，這樣我就能得到別人的讚賞和敬佩，最重要的是，我很開心，不是為了未來，而是現時現刻，我很開心。」

「但是，開心的代價是努力。」

「回望過去，原來我一直都沒有為自己而活。每逢考試周，我便會覺得身心疲累，就連口頭禪也從『你知道嗎』變成了『我很累』。當我想做自己感興趣的事時，我便會想到為甚麼自己沒有用這些時間去溫習？為甚麼自己還坐在這裡？」

「因為，我在迎合社會。」

「這些思想就像束縛著我自由的繩索，強迫我放棄對世間的一切幻想。是這個現實毀滅了我快樂的泉源，剝奪了我得來不易的喜悅。」

「我曾想逃離人與人之間無謂的『超越』，獨自一人開開心心享受可貴的與世隔絕；我曾乞求過自己不要再這麼自卑，告訴自己：我的才華不能以一分兩分來比，我不需要超越天才或者強迫自己，我只需等待，終有一日我可以展翅高飛。」

「但是，一切都好像在長大期間中變得愈來愈難以承受。」

暮影伸直手，擺到眼前，透過手指間的罅隙觀望黎晨熹。

「我知道的喔，你也曾期待過我吧？像是成為作家、然後替他人簽名之類的——就像世界期待我一樣。」

「誰也會這樣想的啊，希望別人過得好，從而令自己的生活更好。舉例，大家小時候不是都會希望父母是國際明星、世界名醫、富豪這類人物嗎？所以，大家在還未看清現實的時候，都希望藉著父母過得完美的生活來獲得一些好處，令自己過得更好。」

「可是啊，期待、希望這些人類慾望的表現，施加在別人身上是美好，但被投放在自己身上的就是惡夢了。」

「當我愈走愈上，脖子掛滿獎牌、背上堆滿獎杯，踏上的路愈來愈陡峭，負擔，或者說是期待，積累得愈來愈多。結果，到達極限時，脖子崩斷了，背脊壓扁了，骨頭碎裂了。那一刻，活在他人期待中的黎暮影不再是原來那個盼望夢想成真的黎暮影，取而代之，是一個不懂得幻想的人，一個被揉成能合於社會期待的軀殼。」

「那一天，我照完鏡子後瞬間我便知道了，在我的眼神變得暗晦的那一剎那，我便知道了——現實世界中已經沒有了黎暮影的靈魂。」

「面對壓力和期待，我既不是聖人，亦不是天才，根本無力可擋，我只能選擇逃避，與

Windy一起逃到天涯海角，逃到幻想世界——這便是我所選擇的道路。」

「所以，對不起啊。」暮影對他抱歉地淺笑。

「活在他人期待的黎暮影已經不復存在了，站在這裡的是為自己而活的黎暮影。」

「你，就當我從來都沒有存在過吧。」

黎晨熹愣了愣，然後猛然咬牙，大喊：「但是不存在並不等於一切都沒事發生過啊！這比你去死掉更加可怕啊！」

「死後還有回憶等東西是曾經活過的證明！不存在的話就真的不存在了啊！記憶會被抹除，你曾經活過的證明會消失，就連證明你出生過的記錄都沒有，也就是說，你連出生也沒有出生過啊！」

「就算有人記得你，但也找不到你，你走過的一步一腳印全都會成為虛幻，成為幻想！」

「面對一切的壓力和期待，我們只能逃避，不能接受嗎？如果真的是這樣，那麼我們為甚麼還要出生在這個充滿『比較』和『壓迫』的世界啊？我們還有甚麼時間和空間能去享受人生啊？」

黎暮影無奈搖頭，回道：「如果能逃避，誰也會去做吧？當有一個充滿歡樂的世界在你面前，誰會想一直受負面情緒折磨？」

「而且，這種擺脫又不會留下任何影響。」

「只要你們失去記憶，爸媽、朋友、其他記得我的人都不記得我曾經存在過，他們便不會因為我的消失而傷心，這是我能靜悄悄地離開這個世界的唯一途徑。」

黎晨熹怒聲呼喝：「但你真的要這麼狠心嗎？」

「鄭 sir 因為你的關係已經瘋掉了！被拋棄的感受、記憶被消除的痛苦、甚麼都不知道的無力……你真的要被你留下的人嚐到這種癲狂嗎？」

「你真的自私成這樣嗎？」

黎暮影無可奈何地垂下頭。

「這也是沒辦法的事啊。幻想世界的自由實在太讓人嚮往，讓人嚮往得眼中就只剩下『去吧』一詞了。」

「從小到大與我一起長大的你一定知道的，你的姐姐是個不折不扣的混帳，從來都是一個自私至極的人。」

「姐姐，但我相信你啊！」黎晨熹全身顫抖著，提起決心，咆哮出聲。

「你不是甚麼罪惡深重的人，就算被壓力壓垮你也一定能振作起來！」

黎暮影聽到這句說後，身體頓了頓，漂亮的眼瞳望向黎晨熹。

「姐姐，離開這個神社，回到我的身邊吧！大家一定都不會怪責你的，一定能找到正確面對現實的方法，我們就不要再理會甚麼期待、壓力了，忘掉了就可以了啊。姐姐！」

一滴眼淚再次滑出眼眶，滑過已經變乾的臉頰，弟弟黎晨熹的眼淚在姐姐黎暮影的心上划出了一條永不磨滅的傷痕。

「沒有正確面對現實的方法啊……」她呢喃出聲。

「一定有的，不然的話為甚麼這個世界還有那麼多人活著？」

「我從來就是一個自私的人啊……」她哽咽道。

「你這麼溫柔，絕對不自私！」

「我就是啊！」黎暮影忽然尖叫。「你又怎能知道我是懷著怎樣的心情去作出這個選擇啊！」

她瞬速打了一個響指，場景驟然轉換。

黎晨熹猛然閉上眼睛。

日光衝破黑暗，光線照射進了黎晨熹的眼皮，他皺著眉頭睜開眼睛。

映入眼簾的，是一片蔚藍的天空和波光粼粼的海洋，閃爍著。

「……暮影，我有一個計劃，你要聽嗎？」Windy 灰暗的身體在太陽下映出光澤，就連綠瞳都明亮了不少。

黎暮影背對著牠，微微點頭。

「我，有能力去拯救你！」

「我能施展法術，令你能自由地做自己想做的事，幻想一切、創造一切！」

「我能讓你活出自我！」

「而且，我會一直都在你的身邊，你不會寂寞，你不會被拋棄。」Windy 認真的目光，如同穿透了黎暮影的身體，直刺向內心。

「我們二人一起去逃吧！」

黎暮影沉默，仍然凝望著海洋。

「如果說，『活出自己』等於拋棄世間的一切，獨自走向幻想，我想，我真的做不到這些事。」

「因為，我有比不能『活出自己』更害怕的東西，就是家人朋友因為我的改變、我的離去而落下的眼淚。」她開口說話，語氣憂愁得像夜晚的風獨自吹揚。

「為此，我獨自一人背負著壓力，活了很久很久。」

「Windy，」她的話語中忽然染上了些許笑意，「我一直覺得我與他們之間的回憶，我與你的回憶，是幻想給予不到我的另一種愉悅。」

「我雖然很憎惡現實的一切，卻很喜愛與你們一同渡過的時光。」

「所以，無論你的計劃有多麼的吸引，我也必須拒絕你啊，Windy。」

「就算是這麼自私的我，在逃避一切的層面上，也是注重『家人』大於『自己』的。」

「更何況，黎晨熹他還活著啊。」

海風停止吹拂了一瞬間。

「我覺得我必須說清楚，而你亦必須聽完我完整的計劃才作決定。」

Windy 略帶嚴肅和鄭重的聲音在她背後響起。

「如果說，你與我，能進入到那個『秘境』中，相伴一生呢？」

黎暮影的身影一凝，怔住片刻。

「……你之前提及到的那個秘境？」

彷彿 Windy 的一句話令她茅塞頓開，她的眸中悄然亮起希望的燭火。

「對，正是那個只要主人想像，便能創造出無限東西的幻想世界。」

「被拋棄的神社，被拋棄的石獅子，正因『神明』不存在於神社中，才會被稱為『被拋棄』。」

「神明一定居住在不凡的世界，而那個世界正是『秘境』。神社裡沒有神明，秘境自然被空置了。」

「但我能把它變成你的，從我告訴你名字的那一刻開始，我便為你未來的領首而作出準備，你能成為秘境的主人，那裡是最切合你的幻想世界。」

「然後，我們便可以一直在那個秘境生活了。」

「為甚麼你不早些告訴我呢。」黎暮影的身體微微顫抖，語氣略帶抱怨和撒嬌，以及一絲聽不清的興奮。

「我雖然是神社的石獅子，也是付出了一定代價才能進入那個秘境。」Windy扯開嘴角，牠知道黎暮影開始意動，甚至已經答應了一半。

因為，對於牠的暮影來說，幻想就是她的一切，比牠還重要的寶藏。

「當然，你也需要付出代價才能進入。幻想世界中的人和物都是幻想，你進入秘境，自身的存在必定成為幻想，不再真實，不復存在，就連他人對你的印象都會消失，你與他們的回憶全都會被遺忘。」

「你將會成為幻想，甚至你將與幻想世界捆綁在一起，因為幻想只存在於幻想中。」

「但是，這不正是你想做的嗎？」

Windy的綠瞳亮起冷芒。

「你只需牢記一點：絕對不能從秘境中出來。一旦你從秘境中出來了，等同於化幻想為現實。這樣的話，世界的規律被打破，其他神明必定會知曉，我不能保證你會否受到傷害。」

「不過沒事的，我絕對會保護你的。」

暮影的目光從大海慢慢移到Windy身上，憂愁像海潮退去了，一股興奮的海浪沖上她的臉容。

然後，她瞬間便笑了。

「Windy，忘掉我所說的話，一起步入虛幻中吧。」

「我是這麼的自私，在享受人生的層面上，我將注重『自己』大於『家人』。」

海洋突然變成黑色，整個場景像是逆向的爆炸，藍色收縮在黑暗的籠罩中，形成一點，最後消失不見。

他們又再回到那個山崖，現在卻是黎暮影哭得淚流滿面。

「當我從 Windy 那裡得知這個世界的存在，我第一時間想到的不是爸爸媽媽，不是我的朋友，甚至不是你這個弟弟，我第一時間想到的是自己！」

——那是當然的！因為要做出選擇的人是你，這是 Windy 送給你的世界，這是你自己的人生！

黎晨熹止住了眼淚。

他想安慰她，但他說不出口。

他只能靜靜地看著她，一個為了自己的慾望而拋棄所有的人。

「我一直都想逃避，這樣的想法從來都沒有變過。可我如果能夠選擇的話，我不想做出這個決定，因為我沒有勇氣，而且你們也在啊！」

「如果 Windy 沒有告訴我這個世界的存在，我根本不會選擇一直與牠一起，因為我毫無拋棄你們的打算。如果是為了你們，我願意留在現實中！」

「但是，牠說了啊。」她的眼淚像堤壩崩塌般落下，埋沒了臉上一直掛住的那抹若無其事的笑容。

「我能選擇做自己，我能逃避所有對我的期待。」

「我能不再留在那個沒有自由，只有壓迫的世界。」

「我能活在自己的世界當中，這是屬於我的幻想世界。」

「『我的幻想世界』，這不就是最完美的『天堂』嗎？」

致受壓力困擾的人：

如果有一個只屬於你的「烏托邦」……

這個世界甚麼都有。你可以擁有看不完的書、做不完的題目、玩不完的遊戲，房子要多大有多大，車子要多高級有多高級，就連家人朋友都能根據你的記憶塑造出來——所有你能想像得到的東西，所有你渴望得到的東西。

這個世界裡面，你就是王，你就是神明，無所不能。

但是，如果你想去這個世界，你一定要拋棄現時現刻擁有的一切。

家人、朋友、成就、身分，你只能保存自己的記憶，他人的關於你的記憶會在你進入這個世界的那一瞬間被抹除。

世界上沒有任何一個人能記得你，你將成為幻想，成為虛構之物。

你，會不會選擇去這個沒有壓力，只有享樂的「烏托邦」？

致我的弟弟：

我，一定會選擇去這個沒有壓力，只有享樂的「烏托邦」。

抹去世界對自己的記憶，即是抹去世界對自己的期望。唯有真正抹去世界對自己的期望，才能使我面對最真實的自己，才能使我卸去一切被別人強加的無謂壓力。

這樣的話，我才能夠做回最真實的自己，做回自己喜歡的自己。

說點肉麻的。

正正因為愛大家，我才會抹去大家對我的記憶，這樣的話，大家便不會為我的選擇而傷心，不會為我的選擇而失望。我的幻想世界中，他人的期望不復存在！

而期望往往蒙蔽了人的初心，讓我忘記了甚麼為最純粹的愛——最純粹的愛，即是看到你所愛的人活得開心，已經於願足矣。

我選擇去幻想世界。

因為我只能在幻想中做到最真實的自己。

當現實將期望強加於我身上時，現實已經忘記了對我最純粹的愛。

唯有在幻想世界中，我能找回、不、世界才能給予我最純粹的愛。

所以，我在現實世界中選擇了面對一切的弟弟，請不要傷心。

我對你的愛屬最純粹的愛。

雖然大部分期待令人痛苦，但我只想期望你能做到一件事。

請化你對我的愛為最純粹的愛。

（這些肉麻的事情，真的，就算是我，也不敢在你面前說出口。）

（唯有文字寄託了我一個又一個夢，唯有文字能準確表達我想表達的東西，所以，我才寫了這封信給你。）

（致我在現實世界中的弟弟。）

幻想是不真實的，因為是幻想。

幻想是真實的，因為是幻想。

他放眼四周，這些全都是他姐姐幻想中的產物。

這些到底是真還是假？

他忽然想起了他的姐姐是個喜歡幻想的人。

如果單論幻想這方面的話，他的姐姐毫無疑問，是個貨真價實的「天才」。

幻想便是她的全世界。

她能幻想自己是漫畫主人公、人生勝利組；她能在幻想中做出任何想做的事，化成不同的人物，有著不同的經歷；她能在幻想中享受到至上的快感，無比的愉快。

這個幻想世界對她來說，是個比天堂更烏托邦的世界。

真好啊——所有複雜的情緒交匯成妒忌，黎晨熹緊盯這個世界，忽然理解到黎暮影當初做出這個選擇的原因。

但是，在被拋棄的人角度來看待整件事，就算他有多明白做出這種事的原因，也是不可原諒的。

現在的他唯一能說出口的，就只有這句話了。

「但是，我很想念你。」他把目光從世界移向黎暮影，眼中的嫉妒不復存在。

「難道大家的想念也不比不上那隻 Windy 和這個世界嗎？」

「就連我的存在，我的感受也無濟於事嗎？」

「……自由是無人能及的。」黎暮影呢喃道。

「是嗎。」淚水像是斷了線的珠子，像是瘋狂掉落的雨水，他又再哭了。

這次的悲傷背後，有一大團怒火熊熊燃燒。

他忽然好想狠狠揍她一頓，好想換一個新的姐姐，好想斬斷他們之間血緣的聯繫——

「……愛哭鬼。」黎暮影的呢喃傳入他的耳中，他回過神，狠狠地把打算拭去他眼淚的手再次擱開。

——但是，不能這樣想，不能這樣做的吧。

黎晨熹的手顫抖著，伸出拭去暮影的眼淚。

暮影的瞳孔放大，僵住了一瞬間，然後愈哭愈兇，她像個在哥哥面前哭哭啼啼的妹妹，泣不成聲慢慢演變成嚎啕大哭。

因為，她可是他的姐姐啊。

「對不起，對不起……」「為自己而活」而生的內疚壓垮了她的淚線，她撲到弟弟長大了的懷裡，揪住弟弟的衣服緊緊不放。

因為這次事件而受到傷害的人，真的很對不起。

擅自逃離應有的責任，真的很對不起。

Windy、弟弟，她是一個如此自私的人，真的很對不起。

十四歲的她倒在十四歲的他懷裡，哭泣著。

黎晨熹的手停在空中，感受到姐姐熟悉的氣息，他把手放在她的身上，輕撫她的背脊。

就像小時候的她，經常安慰他那般。

「Windy說是我叫你來找我的嗎？」兩人坐在山崖邊，遙望著像是要吞噬他們的巨大月亮。

「嗯。」黎晨熹點頭，右手握緊風鈴，左手握緊日記，心情平靜。

「哈，不愧是Windy，我只是拋出了那個風鈴便知道要做些甚麼了！」黎暮影忽然仰後，大字形地躺在草地，側頭望他，眼睛哭得紅腫。

「你先回答我的問題。」黎晨熹直盯暮影的眼瞳，抬起雙手，「這本日記、這個風鈴是怎麼一回事？」

「還有，為甚麼要我來找你？」

暮影眨眨眼，調皮道：「你不覺得純白是最有趣的顏色嗎？」

「嗯？」

「白色在白天被刺眼的日光照到仍會維持不變，在暗夜裡卻會融入黑暗，在月色下會成了冰冷的白色，在陰天下會成了灰色。只有在黎明和夕陽下才會被染成緩黃色。」

「我在光明下會假裝快樂，在深夜裡會釋放負面情緒，在月色朦朧中變得冷漠，在滂沱大雨中變得憂愁。只有在晨曦暮影的籠罩中，才會露出笑顏。」

「但是，世界上的一切就算有風的陪伴，沒有了天色的恆常轉換，就算有多麼的美好，也不完整。」

「『沒有暮色蒼茫的天空，便沒有晨光熹微的黎明。』」

「我身處在慾望被滿足的源頭，卻失去了恆常的世界。」

「……你在說些甚麼？」黎晨熹翻了個白眼，「別用我不理解的語言訴說著我不理解的話。」

看到晨熹微怒的樣子，黎暮影偷笑。

「這本日記是一把鎖匙。」

「觸碰了它，你才觸發記憶恢復，打開了記憶的門扉；你帶著它，才能進入這個世界，打開了幻想世界的門扉；你閱讀它，才能單方面與我聯繫，打開了溝通的門扉。」

「使用條件有兩個：一，你必須見過 Windy 活動時的真身；二，你必須觸碰過這本日記。」

「你記憶忽然恢復了，我也束手無策，只好讓你來找我了。這樣的話，你也會好受一點吧。」她的視線有點飄移，「嗯，至少不會像鄭 sir 一樣。」

「怎知道你一看見我便『現實』了我，結果就變成這樣子了。」

「……那時不是你自己走到我的面前的嗎？」

「你都就快被 Windy——」她比了個斬首的動作，「——了，我還能袖手旁觀嗎？」

「那麼，到了鄭 sir 家後呢？」

對方忽然沉默，緩慢仰首望月默不作聲。

「知道這個秘境是怎樣形成的嗎？」沉默了片刻，她站起了身，佇立在月色下。

「不是一來便有的？」黎晨熹疑惑道。

她搖搖頭。

「神社會吞噬人類的幻想，從而建成秘境。」

「現實中的神社，會吸收人類祈禱時的幻想，完善神社內的秘境。」

「那又怎樣？」黎晨熹翻了一個白眼。

黎暮影轉身，歪了歪頭，一臉無辜地問：「如果說，我只是為了向你炫耀我有這個世界，才想見你的，你信不信？」

看見黎晨熹疑惑的表情，她哈哈大笑。

黎晨熹被這聲笑聲喚醒了記憶，這副欠打的嘴臉讓他憶起了平常的姐姐。

然後，他不自覺地也勾起了嘴角。

「好，我們必須認真一點了。」大笑完後，黎暮影呼了一口氣，彷彿在說些甚麼驚天大秘密。

聞言，黎晨熹緩慢收斂笑容。

「在我進入到這裡的那一刻開始，我便與這個幻想世界連繫在一起。」

她揮了揮手，一條絲線隱隱約約浮現在空中，連向那龐大的月亮，不見盡頭。

「我需要你的幫助，所以才把風鈴拋向Windy，暗示牠把風鈴帶給你，護送你過來。」

「風鈴是記憶的開關，亦是連接幻想和現實的橋樑，也就是說，是我——這個被你化幻想為現實而成之物——和這個幻想的世界之間的連繫。」

她走近，環抱了黎晨熹，頭埋在他沾滿泥沙的頭髮中。

「砸碎這個風鈴，把我再次化成幻想，把我再次與幻想連結在一起！」

「當然，一切都會『回復原狀』，記憶依舊被抹除，甚至可能連鄭 sir 的記憶也會變成沒有我的存在。」

黎晨熹挺直身子，默然不語。

黎暮影看出了他的猶豫，略為傷感地感嘆了一句。

「一切都有完結的時候。」

「以死為例，人終究都會死的；以生為例，人終究有分離的一刻。」

她嫣然一笑。

「我們雖然是姐弟，曾經發誓永遠不分開，卻也同時知道，必定會有分離的時候。」

「但只要你能記住我，只要我能記住你，人生中的分離，還有甚麼好懼怕的呢？」

刺眼的笑容捅破了黎晨熹的心臟，他的嘴角震抖著，淚線再也捆綁不住淚水，淚水沿著臉頰就此流了出來。

他知道了，他明白的，他理解一切卻不想她離開。

「黎晨熹，」黎暮影笑了笑，沒有為他拭去眼淚，任由淚珠掉落在她身上，留下烈火纏身的疼痛，「我們必須還予世界一個平靜啊。」

他想到了現實世界中的父母，想起了他們剛才在記憶回復後的痛苦；他想到了現實世界中的鄭 sir，想起了他曾獨自一人面對這些虛無縹緲的回憶，因而癲狂；他想到了那羣姐姐的朋友，想到了他們在備考文憑試時被記憶恢復打斷的後果……

他把頭俯身到暮影的臉上，二人額頭相貼。

分離之時，他大手一揮，把風鈴拋向山谷，閃著琉璃之光的風鈴沉沒在山崖中。

暮影流露出如釋重負的笑容。

白光一瞬間便從山谷底四溢出來。

一隻冒著白霧的石獅子從山底下飛騰而起，懸浮在夜空中，透過重重白霧，向暮影頷首。

瞬間，石獅子便沿著絲線衝向遠方的月亮。

月色朦朧下，石獅子翻騰著白霧，身上泛起白光，耀眼得瞬間淹沒了月光。

在絲線最脆弱之處，俯身而下，一個筋斗，粗壯的尾巴一揮，用甩尾之力向下砍向絲線。

暮影望著這一幕，在絲線斷裂的那一刻，她感受到熟悉的力量捲土重來，整個人都輕飄飄的，再次成了幻想。

她望著身旁的弟弟，看到他手上握著的日記，腦中閃過一點猶豫，然後欣喜地笑了。

「期待施加在別人身上是美好，被投放在自己身上的便是惡夢。」

「但不得不說，曾幾何時，被人期待着的感覺也是這樣的美好。」

她伸手搶過了黎晨熹手中的日記，露出頑童般的笑容，興奮地挑眉。

細長的手指打了一個響指，手中憑空出現了一支筆。

她在黎晨熹詫異的目光中，大手一揮，在純白的封面上簽上了自己的名字。

「嘿，我也成為了作家！」她把日記塞進黎晨熹懷裡。

話音剛落，還未等待黎晨熹說上半句話，白光便淹沒了一切。

手觸碰着書的黎晨熹，記憶在一片空白後，迅速如同潮湧一樣，湧入他的腦海中。

再次睜開眼睛，他又處身在那片花瓣漫天飛散的花田中。

五歲的黎暮影在花間奔跑，臉上的笑容比陽光還要刺眼。

Windy 站在他的旁邊，和他一起望著暮影。

「我和她相識在五歲，那時的她無憂無慮，天真純潔。」

「大概，這便是她一直堅持維持在五歲的原因。」

黎晨熹斜眼望向 Windy，柔聲問：「你愛她嗎？」

「我很愛她，就算她是人類，我這份心意是絕對不會變的。」Windy 溫柔地說。

「為甚麼你能確定呢？」

「因為，為了她，我願意獻上整個世界。」牠輕佻地笑了。

「甚至，為了她，我會竭盡所能，毀掉整個神界、整個世界。」

黎晨熹轉頭望著黎暮影。

她在花田中編織著花環。

或許，這樣對她才是最好的。

這個世界，分為兩種人。

一種人覺得壓力是令人痛苦的，另一種人則覺得壓力是令人快樂的。

在堅持的層面上，前者，面對沉重的壓力，就只能主動殺死自己處身在期待中的靈魂，然後重新振作，繼續活下去，反反覆覆；後者，面對輕盈的壓力，就只能主動享受美麗的人生，然後等待死亡終有一天降臨了。

但是，他的姐姐在一開始便選擇了放棄的層面。

既然如此，他也只能祝願她能繼續追尋幻想了。

「我回去了。」

Windy扭頭望他，表情認真。

「那本日記，已經失去了它的功用。」

「啊啊，我知道的。」他把日記捧到面前，摸著漸漸被染上黑色的封面，撫過黎暮影白色的署名。

大概，它再也不是一把鎖匙了吧。

「剛才第二次施法時，理論上你也會被抹除記憶，但因為你一直觸碰著這本日記，記憶才會在瞬間恢復。」

「達到極限，這本日記也壽終正寢了，你也不能再進入這個世界。」

「但是——」這時他才發現 Windy 少了一隻綠色的眼睛，「我耗廢了一半的靈魂，打造了一本互通的日記。」牠控制風，帶來了一本碧綠如玉的書。

「你在你的黑色日記寫字時，暮影也能在這本綠色日記看到，相反亦然。順便一提，我把名字也改了，不然的話好奇怪。」牠挑了挑眉。

「這兩本日記成為了唯一的鎖匙，打開了分隔你們二人之間的距離的門扉。」

「我把溝通的能力送給你，這便是我最大的讓步了……」

下一瞬間，黎晨熹便被傳送回被拋棄的神社前，沐浴在晨光熹微中。

神社在晨曦下逆出陰影疊疊，漆黑一團，影影綽綽得看不真切。

他凝視著在陰影下失去光輝的神社，再望了望已經變得漆黑如墨的日記，唯有黎暮影的署名白光熠熠。

——

鬆一口氣的感覺把背負著壓力的肩膀回復輕盈，他扭頭，緩慢走出山間。

我們逝去的記憶（七）

「不要哭了，抬頭望我一眼吧。雖然是我弄哭你，不過姐姐我會一直在你的身邊。」

他抬頭望向姐姐，看見姐姐對他嫣然一笑。

「我可不會說謊喔，說了會一直在你身邊，就一定會一直在你身邊；說了絕對能出去，就絕對能出去；說了要給你看有趣的東西，就一定會給你看到！」

從後山深處颳來一陣風，把樹葉吹得簌簌作聲，風忽然怒號，泥塵捲起成了一龍捲。

塵埃飛旋間有一抹冷芒的綠光盯著他，他隱隱約約見到塵埃裡面有一道龐大的身影。

「看吧！」他的姐姐發出銀鈴般悅耳的笑聲，看著身影的眼神充滿興奮。

「介紹一下，這是Windy，我的朋友。」

風雲猛然驅散，身影顯露原形。

身高兩米，身體由石頭造成，沒有鬃毛，坑坑窪窪，滿是傷痕，全身灰色，惟眼瞳是漂亮澄澈的祖母綠色。

充滿威嚴，威風凜凜，尖牙利爪閃爍銀芒。

黎晨熹愣在黎暮影懷裡，彷似沉醉在Windy 的尊容中。

「這是黎晨熹，名字來自『晨光熹微』，是我最愛的弟弟！」

Windy與他二人互相對視。

他看到Windy率先對他笑了一下。

然後，他覺得所有的記憶忽然變得虛假，所有關於Windy的記憶都成了幻想。

第七章

我的幻想世界

尾聲

我們現有的記憶

「叮噹——」

一名學生小心翼翼地關上了圖書館的門。

「啊——你是第一次來圖書館的嗎？」圖書館負責老師碰巧走過他的面前，手中拿著一疊書。

學生害羞地點點頭。

「就是說啊，我沒有見過你。」

「放鬆吧，這裡雖然寂靜無聲，但只要不打擾別人，適當的談話也是可以的。」老師對他微笑，然後走開。

他走近書架，目光掃過聳立在上方的書籍，他放輕手腳，小心翼翼地走過一排又一排。

書本被染上白光燈。腦袋被眾多截然不同的書名弄得頭暈眼花，當他走到盡頭的書架時，已經沒有閱讀的心思忽然，他的目光定格在一道黎黑上。

黑色如墨的書脊映照出窗外灑下的陽光，這本黯黑陰沉的書隱藏在書架最底層的暗角處裡，黯淡無光的表皮在明亮的書海中另類的顯眼，他卻在虛無縹緲中知道這本彷如陰霾中而生的書未曾被無知的人類借走過。

他蹲下身，凝望著烏黑闇色的書，眼神帶著一絲好奇。

由於書皮漆黑如墨，他看不清書的名字，這獨特之處勾起了他的興趣。

他的手指因興奮而顫抖著，他急不及待地碰上了帶有涼感的書脊——

「啊，這本書要保密。」他的手被人瞬間抓住，拔山扛鼎，老師的聲音在他耳旁響起。

「可能是圖書館管理員放錯了書吧。總之，這本書不外借。對不起啊。」老師的笑容令他汗毛倒豎，他突然站起身，急匆匆地跑走了。

老師望著學生跑開後，扭頭望向漆黑一團的書，伸手抽出了它。

他捧著書，靠在窗台旁。

站在窗戶洩漏進來的陽光底下，半透的窗簾隨風飄揚，頭髮被風撥來撥去，他好笑地想攔著流動著的風，卻被風靈活躲開。

他看著操場上肆意奔跑的少年上映一場精彩絕倫的比賽，看著場邊的少女眉笑眼開地談天論地，暢所欲言。

然後，他撫過懷中的書的封面，一個書名在他手指的移動下悄然浮現。

——**《致我在幻想世界中的姐姐》**

校園作家大招募計劃 2021-2022

香港青年協會一向致力推廣青年閱讀及創作，多年來出版多元系列的專業叢書。為了進一步提升中學生中文寫作水平及興趣，以及營造校園寫作風氣，由語文教育及研究常務委員會（語常會）支持及語文基金撥款，香港青年協會專業叢書統籌組於2021/22學年舉辦「校園作家大招募計劃」，通過一系列學習、培訓、實踐和比賽活動，包括「寫作訓練工作坊」、「寫作訓練營」，以及「校園作家選拔賽」，鼓勵學生積極參與創作，並將獲獎作品出版成書或發布。

計劃舉辦三年來一直深受學界歡迎。本屆共接獲逾100間學校報名，最後從300多名報名者中，選出82位滿懷作家夢的中一至中四學生，由2021年12月起接受5個月的寫作培訓。計劃很榮幸邀請到唐希文女士、李昭駿先生、黃怡女士、梁璇筠女士、曾淦賢先生及施偉諾先生，從寫作大綱到作品終稿，逐步指導學員完成創作。主辦方特別舉辦為期兩日的「在家寫作訓練營」，安排了校園作家分享會、創作交流會、好書導讀及創作環節，讓學員與導師深入交流創作心得；另外亦邀請了林志成先生及唐啟灃先生主持作家講座，與一眾校園作家分享閱讀和寫作技巧。

經過專業評審的評分選拔，趙聿修紀念中學的許焯然及元朗公立中學校友會鄧兆棠中學的陳姝均分別奪得小說組及非小說組冠軍。兩位同學的作品均於2022年夏季出版，更於本年的香港書展及市面作公開發售，一圓作家夢。

香港青年協會（hkfyg.org.hk | m21.hk）

香港青年協會（簡稱青協）於1960年成立，是香港最具規模的青年服務機構。隨著社會瞬息萬變，青年所面對的機遇和挑戰時有不同，而青協一直不離不棄，關愛青年並陪伴他們一同成長。本著以青年為本的精神，我們透過專業服務和多元化活動，培育年青一代發揮潛能，為社會貢獻所長。至今每年使用我們服務的人次接近600萬。在社會各界支持下，我們全港設有90多個服務單位，全面支援青年人的需要，並提供學習、交流和發揮創意的平台。此外，青協登記會員人數已達50萬；而為推動青年發揮互助精神、實踐公民責任的青年義工網絡，亦有超過25萬登記義工。在「青協．有您需要」的信念下，我們致力拓展12項核心服務，全面回應青年的需要，並為他們提供適切服務，包括：青年空間、M21 媒體服務、就業支援、邊青服務、輔導服務、家長服務、領袖培訓、義工服務、教育服務、創意交流、文康體藝及研究出版。

e·Giving

青協網上捐款平台
Giving.hkfyg.org.hk

香港青年協會
專業叢書統籌組

香港青年協會專業叢書統籌組多年來透過總結前線青年工作經驗，並與各青年工作者及專業人士，包括社工、教育工作者、家長等合作，積極出版多元系列之專業叢書，包括青少年輔導、青年就業、青年創業、親職教育、教育服務、領袖訓練、創意教育、青年研究、青年勵志、義工服務及國情教育等系列，分享及交流青年工作的專業知識。

為進一步鼓勵青年閱讀及創作，本會推出青年讀物系列書籍，並建立「好好閱讀」平台，讓青年於繁重生活之中，尋獲喘息空間，好好享受閱讀帶來的小確幸，以文字治癒心靈。

本會積極推動及營造校園寫作及創作風氣，舉辦創意寫作工作坊及比賽，讓學生愉快地提升寫作水平，分享創新點子，並推出「青年作家大招募計劃」、「校園作家大招募計劃」及「全港即興創意寫作比賽」，為熱愛寫作的青年提供寫作培訓、創造出版平台及提供出版機會。

除此之外，本會出版中文雙月刊《青年 空間》及英文季刊《Youth Hong Kong》，於各大專院校及中學、書局、商場等平台免費派發，以聯繫青年，推動本地閱讀文化。

閱讀

books.hkfyg.org.hk

青協書室

語文教育及研究常務委員會（語常會）

致力提升香港市民兩文三語的能力

語常會於一九九六年成立，就一般語文教育事宜及語文基金的運用，向政府提供建議。自成立以來，語常會通過運用語文基金，配合政府、其他諮詢組織和持分者的努力，資助並推行不同的措施，以幫助港人，尤其是學生和在職人士，提升兩文（中、英文）三語（粵語、普通話及英語）的能力。工作包括：

一、進行有關本地及國際語文教育的追蹤研究和比較研究，以助有效制訂和推行語文教育政策；

二、加強對幼童學習中、英文的支援；

三、加強語文教師的專業裝備及持續發展；

四、照顧學習者的學習多樣性，包括非華語學生的需要；

五、與有關持分者，特別是社會人士合作，在學校內外營造有利學生學習語文的環境；以及

六、配合語言景觀的轉變，提升本地在職人士的語文水平。

致我在幻想世界中的姐姐

出版	香港青年協會
訂購及查詢	香港北角百福道 21 號 香港青年協會大廈 21 樓 專業叢書統籌組
電話	(852) 3755 7108
傳真	(852) 3755 7155
電郵	cps@hkfyg.org.hk
網頁	hkfyg.org.hk
網上書店	books.hkfyg.org.hk
M21 網台	M21.hk
版次	二零二二年七月初版
國際書號	978-988-76279-1-3
定價	港幣 80 元
顧問	何永昌
督印	魏美梅
編輯委員會	鍾偉廉、周若琦、李心怡
鳴謝	唐希文、黃怡、梁璇筠
執行編輯	周若琦
撰文	許焯然
設計及排版	4res
插畫	貓
製作及承印	活石印刷有限公司

Dear Don & Saya

Publisher The Hong Kong Federation of Youth Groups
21/F, The Hong Kong Federation of
Youth Groups Building,
21 Pak Fuk Road, North Point, Hong Kong

Printer Living Stone Printing Co. Ltd.

Price HK$80

ISBN 978-988-76279-1-3